中国
2024年度
诗歌精选

梁 平 主编

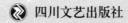

四川文艺出版社

图书在版编目（CIP）数据

中国 2024 年度诗歌精选 / 梁平主编 . -- 成都：四川文艺出版社，2025. 6. -- ISBN 978-7-5411-7301-1

Ⅰ . I227

中国国家版本馆 CIP 数据核字第 2025E6P488 号

ZHONGGUO 2024 NIANDU SHIGE JINGXUAN

中国 2024 年度诗歌精选

梁　平　主编

出 品 人	冯　静
责任编辑	张菀婷　苟婉莹
封面设计	魏晓舸
内文设计	史小燕
责任校对	叶竹君
责任印制	桑　蓉

出版发行　四川文艺出版社（成都市锦江区三色路 238 号）
网　　址　www.scwys.com
电　　话　028-86361802（发行部）　028-86361781（编辑部）

排　　版　四川胜翔数码印务设计有限公司
印　　刷　四川机投印务有限公司
成品尺寸　168mm×238mm　　　开　　本　16 开
印　　张　14　　　　　　　　　字　　数　140 千
版　　次　2025 年 6 月第一版　　印　　次　2025 年 6 月第一次印刷
书　　号　ISBN 978-7-5411-7301-1
定　　价　58.00 元

记　事

阿　信

巴以爆发冲突的前一天下午，我和爱人
在佐盖曼玛乡的美仁草原飙车。
溪水清亮，草地枯黄，天极蓝，
云朵舒缓……
视域尽处，白石山一线堆满积雪。
车窗外空气冷冽、清新。
晚上我们睡得很沉，
不知世上某处，将有剧变发生。

（原载《草堂》2024 年第 8 卷）

朋　友

阿　步

柿子已经红了
被过路人摘走不少
天很冷
又到了喝酒暖身的时候

那个人也走在去往小酒馆的路上
我们并不知道他叫什么
他走在我们旁边
离我们很近
就像是我们的一个朋友

（原载《诗选刊》2024 年第 1 期）

海的抒情从日落开始

安海茵

这个时辰的东海，
仿佛只给了我一个人。
一个人的镕光铄金。
一个人的裙裾饱蘸着美和枯萎。

这之后就将是黑夜——
一个人将海水切片成
微观的轰鸣。
悬挂在桅杆上，琉璃叮咚。

这抒情的余韵
仿若来自云端的奔赴。
此刻，海水一旦熄灭
我和被清洗的焰火就会性命相见。

（原载《当代·诗歌》2024年第2期）

水　仙

安　琪

乱云飞渡中我仍是认得出你
水仙

画者有一颗不安分的心，像我

画者不让水仙优雅、从容
不让水仙如你所愿，亭亭玉立
于水中，寿命仅有半月的水仙
生时倾其心力传布芳香
萎时便枯黄、脏乱，状如茅草
我从小看大的水仙
故乡的水仙，从不让我有感觉

那嫩黄的蕊
春天的小舌头颤颤动动，世界
重新开始，快来品尝世界的苦
世界的甜
水仙，你先于百花到达人间
你是百花的终结者和开拓者
你最初是土豆、然后是洋葱
当你长出你黑暗中也看得见光辉的
脸

你是水仙！

（原载《诗歌月刊》2024 年第 1 期）

这般红

安　然

黄昏落下去，半个月亮爬上来
我喜欢上了你一次方的红
半杯水里的红，你在科尔沁草原

若隐若现的红

我们说起你的这般红

没有姓氏，也没有重量

我就是喜欢这般红——

在春风里歌唱的红，在雨水里

奔跑的红。我喜欢你的这般红

水滴的模样——

娇小、瘦弱，落地成冰

不说别的，这红莲的红，落日的红

这般红，就站在月光下

我喜欢上了你，新年般的红

（原载《四川文学》2024 年第 1 期）

斑 马

艾 蔻

一匹马，头颅低垂

不吃草

只保持吃草姿势

从烈日炙烤的正午

到心潮起伏、黄昏无语

记不清什么时候

厌倦了一成不变的自己

于是我穿过百叶窗

穿过庭院栅栏

在它们投射的条纹中

尝试着

像斑马那样一闪而过

尽管去程遥远

变成马的旅途中

必须更为频繁地自我重复

黑白加速，一团阴影

从未存在过

（原载《诗潮》2024 年第 1 期）

我执着地呼唤美

白　玛

我是黑夜第七子，受命呼唤美。

——题记

我的小哥哥守护爱情和诗歌，一个姐姐

铺排节气。有一个哥哥掌管雷霆

还有一个巡视湖泊和大海

我生于鹰的故乡，受命追随美

长空之外晕眩的美和马蹄下零星的美

让歌唱者嗓子颤抖的疼的美

小小村落里厚实的美。大地上所有母亲的美

万物沉睡，黑夜温柔的耳语美

我有一个姐姐你们认识她：大裙摆的森林女神

她在月光里轻轻走来，美得令人心碎

你遇见她就可能遇见我

遇见诗歌和爱情就认识了我

（原载《扬子江诗刊》2024 年第 3 期）

阅 读

白小云

翻到猛虎下山那一页

英雄会在这一章出场、死去

反复倒退着看，看危险反复降临

扑向明知末路的故意，和不说完那句要紧话的故意

哪个更加悲剧

他们抱着你哭，我看了多遍

又翻回现场看你临死的身手，发现了你的秘密

——谁都没法拯救你的危机

死倒是成全——你故意走上绝路

猛虎只是借口，英雄也是懦夫

故事到这里将用正确的词语创造错误的你

你得死在这里，扮演勇士，避开真正猛虎

噬咬的钻心：你在他赐的荣耀里惯性活着

软弱的方式如此壮烈，留给弱者的退路你没有

猛虎下山了，身份不明的你扑了上去

一团雾扑进另一团雾，两个误会不能相融

书翻停在这里，读书人被拽进呼呼风声
旁观者静听吞食，这硬且脆的一页

（原载《红豆》2024 年第 3 期）

花香避难所

白月霞

今天的百合带着热爱绽开
一个邀请由此发出
花香复制了它在花园与花朵同心的生长
花瓶总是满的
百合恰好有这么多的香气
如同秘密讲述一个关于盛开的理想
请忽略它明显天真的企图
为找到最佳讲述方式与阳光涌进殿堂
花朵与它美丽的倒影立于你的凝视之中
它的灵魂被捕捉，它不得不停在花瓶里
当你转身，花瓣落下
当你开始忘记，它，永恒的一束白色灰烬

（原载《诗刊》2024 年第 2 期）

在果园读博尔赫斯

半 亩

锄头在五月的杂草身上
建立了它人生锋芒的自信
我看见绿色的风，在黄土高原上野蛮生长
如此喜悦，一个人
收获一段适合自己的时光
这个下午我在我的果园
认识一位探讨造物主的思想家

我比自己的影子更寂静
穿过纷纷扰扰的贪婪*
这个叫博尔赫斯的阿根廷人如是说
我确定这是在提醒，抚慰
我们这些生活中失意，渴望爱情的人
我也明白，我的人生是这
刚生长发育的苹果，需要宁静自得

* 出自博尔赫斯《宁静的自得》一诗。

（原载《星火》2024 年第 1 期）

说书的盲人

薄 暮

多收了三五斗，稻场上

就多出一个说书的盲人

月牙有四：新月，刚落下
跟前，饱满的汗腥气拢成半圈
两片铜板
一下一下雕刻马灯的光影

一截荆条，或急或徐
击打扁鼓，说一段，唱一段
拖腔像筲帚，又像铁锨
填平山谷和田畈中的沟沟坎坎

他从未看到过黑暗
把人间长夜吼得一片雪白

（原载《山西文学》2024 年第 1 期）

黄昏牧场
北　乔

鹰飞过牧场
点燃黄昏的火焰
滚烫的地平线涌入牛羊的眼里

牧人的歌声飘向远处的家
酥油茶的香气抚摸妻子的脸
孩子在门前逗着羊羔

大海的潮汐缓缓而来
打开一卷经书
光中的生灵，静穆修行

天地间的金色，讲述生命
故事顺着光芒流淌
一朵花在众生心头绽放

（原载《诗林》2024 年第 2 期）

创世纪

笨　水

母亲的菜地，很小
被原野环绕着
整洁，葱翠
像大地中心
刚辟出来的新土
母亲在其中，拔出芹菜
将根茎上的湿泥，抖在一旁
怜惜的动作和散落的泥点
让我想起女娲
但是母亲
没有向它们吹气
为了我们兄弟四人
她已耗尽法力
幸好，还能种出一畦好菜
还有我走后

她派来的明月
都是创世之初的样子

（原载《诗刊》2024 年第 9 期）

禁山听窑

冰　水

从窑孔里听取抽象的风声
或从瓷杯中靠近故友的稀薄之躯

三千年越窑故地
不必谈时空，也不必谈风月
只谈一谈脚下循环的空无

穿过凤翎湖蓝玛瑙似的湖水
穿过成排水杉。风轻轻地鸣响
那个名叫昙花的匠师
比起拉坯制窑，他更擅长
诉说泥土的神性

我们被词语捕获
成为他的异界影像：虔敬、真诚
一条残存的母亲窑无法复制
它朴素、经久，正在对抗
不可延续之物

（原载《草堂》2024 年第 11 卷）

老照片

曹　东

我们痛饮时间，空气的涡纹在身边渐次凋萎
多么危弱
一帧时间截图，与一只蚂蚁面对大象的祈祷
同样是无力的
从一个世界窥测另一世界
证据于黑暗隐身
把昨日寄居在一张纸上，仿佛光阴的囚室
不必有清澈的脚蹄
基于物质偶然的排列，谁的生命不是一幅轮廓
而一幅又一幅轮廓，跟随后面
作为压缩的枯木，裸露流逝的破绽
更有一代人的身影，举着模糊面孔
在持续拷贝后，遽然涌现迭代的酸楚

（原载《草堂》2024 年第 11 卷）

火车开往南疆

曹　戊

无数次登上绿皮火车，整夜
穿行于茫茫戈壁
无边的旷野里风声呼啸
坚硬的石头
被划开一道又一道口子

列车像一条鲇鱼，行驶在
比铅还沉的夜色里
穿过历史的遗迹
让我想到车师、楼兰
这些远去的名字
久居西域后，仿佛成了
一个人身体里干枯的一部分

这些缩水的名字，突然间
当我经过故地
在无边的黑夜里
它缓慢苏醒。而我们
谈论故国的时候
坐在我旁边的姑娘
以沉默，以孤独
投向窗外的目光比夜色深沉

（原载《当代·诗歌》2024 年第 1 期）

四月或者异想天开

曹有云

哦，四月
四月在苍白的日历中已然翻过一周
但四月还没开始
因为在四月我还没写下一行诗句
还没有一首诗因时而生，顺势而为
轰然撞开去岁旧年封冻的门扉

举笔四顾茫然，大雪依旧纷飞

话说异想天开
诗歌即是异想
即是词语们隐秘而大胆的叛逆
没有如此这般的铤而走险
哪有紫气东来，惠风和畅之后的豁然天开
哪有十二花神桃之夭夭，灼灼其华的怒放

写下吧
在水上画出深邃的墨痕
在空中搭建巍峨的塔楼
异想能使天开
妙笔也可生花
四月已至，春天已来

（原载《草堂》2024 年第 4 卷）

我想坐马车走在马路上

沉　河

我想坐马车走在马路上
就这样一直走完老年
我想你也会这样想
我们可以做个伴儿
已经没有真正的马路
供我们行走。路边的风
不再带着荒野的气息

也没有一匹马拉着一辆

没有的马车。一刹那

我悲凉那一去不回流的时光

我坐在马车上向一旁

飘逝的白云招手的青春

留在了天上

（原载《山花》2024 年第 5 期）

茶是一片倔强的叶子

崔　岩

能用锤子砸开、虬臂拗折的

都倔强不讨一片叶子

一片曾被炽烈灼伤，忍住疼痛

保留莽山之色、自然之意的叶子

一片本可以顺从季节和土地，却偏偏要

逆时改命封存自己的叶子

一片只有被热烈与温存紧紧抱住时

才快意而舒适地漂浮起来，一次又一次

给完自己的全部，在满足中

沉沉睡去的叶子

（原载《延河》下半月刊 2024 年第 1 期）

蘑 菇

陈 亮

在山中我每天都在给她写信
用银杏的叶子
枫树的叶子、杨树的叶子——

每次就写一句话："昨夜的溪水又涨了,
鲤鱼跳到了草地上,有的可能化成人形。"
"松鼠将松塔堆在门口,
我听见了叩门声。"
"风是爱喝酒的邮差,
经常酩酊大醉,把邮件散落在田野上。"
——我把这些信
全埋在了后山松针土的下面了

有一天夜里,她在梦里小声跟我说
这几天老睡不着
她闻到了蘑菇的清香
醒来时,天还黑着
那清香我也闻到了,屋里屋外都是——

顾不上露水,一大早我就拿上铲子
和竹筐来到后山
发现那么多蘑菇顶开了松针的土
我在那个巨大的蘑菇圈里待到了傍晚
回来时,第一次两手是空的——

(原载《雨花》2024 年第 7 期)

堂口观燕

陈先发

自古的燕子仿佛是
同一只。在自身划下的
线条中她们转瞬即逝

那些线条消失
却并不涣散
正如我们所失去的
在杳不可知的某处
也依然滚烫而完整

檐下她搬来的春泥
闪着失传金属光泽
当燕子在

凌乱的线条中诉说
我们也在诉说，但彼此都
无力将这诉说
送入对方心里

我想起深夜书架上那无尽的
名字。一个个
正因孤立无援
才又如此密集

在那些书中，燕子哭过吗
多年前我也曾

这样问过你
而哭声，曾塑造了我们

（原载《广西文学》2024 年第 4 期）

在墟里

陈星光

薄如蝉翼的寂静里鸟鸣滴落。
当阳光从浓雾里挣脱出来，
时间已往我们的脸上涂上了层层沧桑，
落在纸上，一幅幅无言的水墨
和蝌蚪一样无力的文字。

一生又是什么？
只有虚度？唯有虚度。
月亮捧出一壶清茶，
坐而论道，道已不能勇敢地说出真实。
允许我们的只有沉默的沉没。

谁也不知明天会出现什么，
而我仍会忆起莽莽群山的这方角落
我们看上去命运各异
其实是同一种命运
落寞、深情、老去的脸。

（原载《草堂》2024 年第 9 卷）

送春归

陈巨飞

在郊外，仍然可以看到
远方的灯火。悬空在夜色之上，
像天空和大地摩擦产生的静电。
风擦亮一条河流，
并产生喧嚣之声：一个故人，
由远及近。蜘蛛在芦苇中
结网，那是幻象。三年前，
春天翻过几座山冈，赴宴时带来
一束野花：连翘、海棠、马蹄莲……
几个孩子找到一只木船，他们
不需要堤岸。我手中的绳索，
还不能丈量他们一生的长短。
有时我也会无端地走一遭，
看看灯光犁开的黑暗有多么不真实。

（原载《江南诗》2024 年第 4 期）

广场舞

草 树

它看上去无限敞开
你仍看到一扇暮年之门
这是你绕道而行的理由？而我
每每站在那里张望——当我的目光

被一个微微后仰身子、精心打扮的女人
吸引，想象着她年轻时候的妖娆
等我回转身，你已走远

你说出来的理由都不足以支持
"厌恶"或"不喜欢"
比如音乐太老套——几乎是父辈时代的流行曲目
比如音量太大，对上面的烈士塔多少有些不恭
比如那旋转的舞步生长花边

夕阳照耀暮年之门：那里不只有鸟群的喧噪
也有苔藓和蛙皮的清凉

（原载《上海诗人》2024 年第 3 期）

你

车延高

驼蹄子把个大沙漠踩得直喘
骆驼刺
就把一阵子风扎得叫疼哩

牛羊嚼着个草根根磨牙
草尖上
冒充嘛眼泪的露珠子直掉哩

追着一曲花儿和你嘛遇上
林子里

没亲嘴，把个人搂得胸腔腔疼哩

洞房里，心跳得直扑腾
拉了灯
一坯土炕累得直喘哩

闯关外，人再没有回来
命没了
丢下个枕头在梦里和我说话哩

（原载《扬子江诗刊》2024 年第 5 期）

老之将至

程　维

老之将至，不像暴雨来临
也不同于黄昏，它是从容的
一种平静的暴力，甚至没有伤感
但绝不会像节日和快乐
在一间风雨亭里坐一坐
更多的时候是发呆，看日影逼近
又变远，零散的落叶，树上浓绿
不易觉察的风，来去与停息
现在是夏天，老之将至
并不选择季节，也不听蝉鸣
只是挪一下位置，再挪一点
空间大了，人在变小，内心和外在
都有盈余，对事物的把握渐渐放松

更加认同于生活细节，老之将至

多少故事发生，请少安毋躁

身体已布满时间的伤痕

（原载《草堂》2024 年第 6 卷）

鹦鹉洲纪事

迟　牧

那时雾气浓重，搂抱江水的腰身

如白象睡熟，微微发出低鸣

一路上我们都未成形，游弋于武汉三镇

复杂的句群里。先是公交路线的盘问

我们在其喉内跳跃不止，为萨克斯街道所吹奏

最后是乐符的中顿。在鹦鹉洲大桥附近

落地，连同午后驳船，疲软的

阳光被南方的鸟鸣啄成碎片：恰似谜面

为了描摹长江穿过城市的样子，我们翻阅

一个半小时的车程，以及各色口音

在人群中编织的民间故事

真面目却因暧昧的天气而不被接待

在水朦胧的臂弯，倚靠石头毛茸茸的耳朵

我们看见雪白的情侣不断取景

在飘浮的雾中发明出同一个自己

多种年轻的变体。他们很快消隐在镜头外

最终唯一得以辨识的是岸边的苇草

枯萎后，它们才真正升华为一双双鹤腿

托举我们目力之内最高处的种子

那小小身体里的糖。而江水始终比我们更沉默
并以此维护着某种清晰简明的话语

（原载《星火》2024年第3期）

厨房的第二首歌

杜绿绿

下了两周雨后，
厨房多出几分神秘的诱惑力。
食物与垃圾混杂着，
水汽和火苗攀比着。
人们花在其中的时间一增再增，我也是。

我和五个土豆、两条鱼、柠檬味的洗洁精
八块或十一块
不同款式的抹布成天待在一起。我的书桌
搬进厨房，小心安置于洗菜池上。
万能抹布将它一擦再擦，
擦净，擦得不剩下什么痕迹，而
机灵的桌角不断攻击我

皱巴巴的
认命的手

却在此时写起诗。用芹菜写
苦艾之诗，在砧板上；
写迟钝之诗

从刀口产生的愉悦之诗。
抽空舔一舔那猩红热泪，
垂下的手，
还能为妥协之诗
陆续加上
几笔绵软情意。

（原载《诗刊》2024 年第 1 期）

缓慢的阅读

大　解

阳光穿过玻璃有细微的声响，
窗子透出了波纹。
而贴在墙上的光并不牢固，
正在一点点滑落，
汪在地板上，现出往事的倒影。
回忆使人困倦，回忆录更是。
书卷躺在桌子上，我翻开几页，
终因慵懒而停止了阅读。
沉思更安静。
我深陷在自己的往事里。
直到阳光披在我身上，
书卷忽然反光，
我知道该起身了，
我要做点什么。
时间在钟表里一直在转圈，
我不急，但也不能过于缓慢。

（原载《福建文学》2024 年第 12 期）

需　要

大　卫

我需要两毫米的寂静

如果时间来得及

就给它拓展成平行四边形

我还需要梨花加点儿糖

天空如果可以称重

那就来上二两

我还需要一个人

她有丝绸一样的安静

走起来的时候，她是自己的西

也是自己的东

水任何时候都是可以起伏的

我在这里

怀着无知，渴望，骄傲，憧憬

没有什么是不能被打碎的

锤子是春天的补充

铁钉让深渊无用

（原载《诗林》2024 年第 5 期）

回忆中的人最好不要相见

代　薇

东郊很冷

山上的梅花更冷

每一个瞬间

似乎都不值得强调

它开放

只是因为它要开放

不是每片雪落下来都会被看见

梅花有多香

此刻就有多远

回忆中的人最好不要相见

见了，回忆就没有了

（原载《诗潮》2024 年第 4 期）

群山站在画中

灯　灯

把整理好的湖水

安放在石阶上

云会来认领。风也会。

凡·高会来认领他的孤独吗

向日葵疯狂地生长

加沙的孩子，会认领他的饥饿吗

在三月。或者以外。

只有星球无尽的旋转。

只有无尽的你，和无尽的我

无尽的人类

从群山手中，接过绵绵不断的生死。

——群山站在画中。它们把整理好的湖水

安放在石阶上。

（原载《诗刊》2024 年第 8 期）

晨　祷

丁东亚

假设的雨水落向空旷的山野，你在窗前

享用春天恩赐给花木的宠爱

杜鹃的烂漫点缀梦境，油菜花开出放浪的热情

乡间大道通往学堂，迟到的孩子不慌张

集聚野水塘饮水的绵羊，哪一个为你所爱？

瞧：风在乌桕树上留下了它的踪迹。适合颂扬的

是低矮的杂草与青藤，并非公园高贵的牡丹

也不是车子后座上那束为你准备的郁金香

（象征永恒的紫色，无须雨水的渲染）

你返回厨房，把洋葱摆上桌案，从未

如此平静，仿佛菜园里播撒种子的老母亲

等待的幻象是山中的野樱桃，在清晨熟了

放学的女儿们归来，你们就一同出门采摘

（原载《扬子江诗刊》2024 年第 2 期）

秋风剪

堆　雪

到了做减法的时候
天空减去云朵。山川减去草木
长发减去风雨
忽闪忽闪的睫毛减去大雁
记忆那头，我减去你

还可以再减。锦上减去花
雪中减去炭。弯弯曲曲的小路
减去背影。按压吉他丝弦的手指
减去长长的过街天桥和地下通道
以及激荡于天地之间的歌声

天气减去阴晴
月亮减去圆缺
大海减去帆影和潮汐
书卷减去字，信件减去邮票
送信的马车，减去马，或者车

还可以再减
上剪掉天，下剪掉地
中间，只剩起伏不定的地平线
以及摇摇欲坠的，落日

（原载《绿风》2024 年第 2 期）

使　者

朵　渔

恢宏的暮色垂下来
在天空那灰色的桌布上
一两颗星，点缀着微弱的思想
我不知道即将到来的命运是什么
一切都不稳固了
阴影如同大地上永恒的褶子
世界的地基重新晃动起来
风停了，夜晚的意象如此清晰
迟来者，但不是永恒的缺席者
在三天的沉默之后，内心的踉跄
终于平息下来，我看到那陌生的使者
正越过荒野的栅栏，朝我的小屋走来
我起身，准备去迎接
一个不安的命运。

（原载《三峡文学》2024 年第 7 期）

快活剥橙子

缎轻轻

剥橙子，和几个语调快活的朋友
他们是伪装的，我也在伪装
彼此心知肚明

几万公里外沙丘正在狂风中隆起
一群野马撒蹄撞翻倾斜的沙柳
那些橙色的软件、视频

那个忽明忽暗的橙红宇宙，正在急剧地压缩
它虚胖、红肿的庞大部分——可不就是
我们伪装的快活？

（原载《扬子江诗刊》2024 年第 4 期）

立春纪事

东　篱

除夕的一场雪，还零散地覆在田野上
而坟头的那一块，仿佛生前的白发
稀疏慌乱地耸动着
儿女们如雪粒，被风裹挟着围拢上来
任你怎么哀恸，大地依然坚硬不语
也有执着的放牧者，黑衣裹着心事
羊妈妈拱掉薄雪，仍看不见一丝青绿
小羊被抱起时，这柔顺圣洁的一团白
让我情不能已
幸好一列高铁，碾轧着大地呼啸而过
幸好不远处的山，遮掩了慢腾的红日

（原载《雨花》2024 年第 9 期）

2024·春碎片

戴潍娜

这个春天，我又长矮了一公分
终于有人夸我踏实了——
拾垃圾时，不用再纡尊降贵地弯腰

没人替我想到，
这个人可能再也够不着生活的钥匙孔了
天空离我远了，鸟儿的叫声离我远了
但必须砍伐这些头脑中的意见
就像不断锯短的桌子腿

我一步步被削平，咬合低处的齿轮
好让预制的模具合身
像一颗必须长出人样儿的葫芦，
蹲进塑料定型器

心，低了下来；斑斓的垃圾堆一天天高过头顶
那是生活唯一增长的彩色：
我知道那意味着更多人驮着铅灰的月亮
无止尽地生产劳作
——以掩埋活着的我们

幸好，我不是第一次被埋没。
这个春天，在碎片上铺开
阳光冲刷过后，
我又是一棵迎风招展的碧绿的秧苗

（原载《十月》2024 年第 4 期）

我居住的城市

冯 娜

不年轻的城市，我居住在这里
海湾有时用惊奇告诉我
这世间一切不必过于惊奇
数个世纪前
这里的海滩收容了暗礁和风暴

人们遭受的痛苦，抬升着地平线
旋转的星系
注定还将让失散的事物重逢
"我并未与他人分离"
当那艘满载鲜花和果实的货船再次靠岸
远方来客搓着潮热的双手
——看呐，这布满夏天的城市
让海港从不老去

（原载《飞天》2024 年第 4 期）

乔迁之喜

范丹花

几杯红酒之后，她站起来
搂着邻座女人的脖子，边哭边对着男人们说：
"你们一定要珍惜原配"
被抱的女人也开始哭了，她刚刚

从一场复杂的危机中走出来，正用一种

全新的眼光审视着自己的位置

圆桌对面，男人们在喝酒、互相戏谑

时而出去抽烟，作为在一起玩了十几年的

一群老友，很久没有来得这么齐整

这当中，有人离了，有人离了又结了

还有的在离与不离的纠葛中摇摆

"女人有了孩子就是没办法。是我的问题……"

她不停地诉说，哭泣，甚至自责。

她说十三年了，终于有了自己的小天地

新换的居所在高新，是有落地窗的最高层

低头，可以俯瞰整个艾溪湖

抬头还有浩瀚宇宙，所有时间的脸在此重合

繁密的，无形的脸，在我们中间游弋着

我们忘情地喝茶，吃水果，一起谈论过往

每一个声音都夹带着极端空茫的悲喜

从生活的低处，来到了高处

（原载《山西文学》2024 年第 3 期）

是夜看落樱满地

飞　白

凌晨，鲜花皆铺地

那种词语中无法企及的粉

——突如其来

我们刚经历别离，众人都语焉不详

就要面对生活中无法承受的盛宴

比如此刻凋敝的晚樱

街市，春色可餐，也空无一人

幸亏也曾用尽力道，拥抱

好在，手中轻快的刻刀

已在坠玉的额头

留下灿烂祝词。心是紧密的枝杈，永献夜空

（原载《文学港》2024 年第 8 期）

九十年代的早晨

飞　廉

九十年代，

我们就读的城郊四中

坐落在一大片田野上，

仿佛颍河边

槐树枝头孤悬的鹳巢。

早自习放学，晨雾散去，

太阳照亮麦苗上的露水。

两个嘴唇干裂的少年，

谈起隔壁班的那个女生，

你想折一枝桃花送她，

你想带她离开

这常年穿解放鞋的小县城……

停下凤凰自行车，

我们走进青翠的麦田，

不顾露水打湿衣裳，

你为她折下那枝桃花。

（原载《文学港》2024 年第 4 期）

灵魂伴侣

非　亚

陪伴我一生的，是房间里的各种玩意儿

是床铺、被子、皮鞋

与清理牙齿的牙刷、口盅

还有无数零零碎碎的

其他（比如用来写作的一支笔，书柜里的一本书

每天出门带在身上的一把钥匙

一只黑色双肩包

一副跟随我多年的眼镜……）但这些

都不如一个可以陪伴我一生的灵魂重要。只是，我，

找到了吗？在生命广袤的原野

在独自走向终点的旅途，被我喜欢的另一个生命

一直爱着，默念着，记挂着

与拥抱着

（原载《扬子江诗刊》2024 年第 2 期）

花树之美

符 力

迎春花丛插遍了粉黄的小火炬
勇敢和怯懦的玉兰都在纷纷表白
没错，迎春只开迎春花
玉兰只开玉兰花

春分过后，桃树只开桃花，杏树只开杏花
梨树只开梨花，海棠只开海棠花
丁香也一样，只开丁香花：
紫的尊贵，白的纯洁

每棵花树都很美
美，让抡过头顶的斧子突然停住
让人想在树下酣眠，想拥抱
想奔跑，满世界叫喊，痛哭一场

我说，每棵花树都因老实
而美好。你说，每棵花树都有一个
忠厚的导师：春天

（原载《扬子江诗刊》2024 年第 1 期）

禄马桥记

高春林

每次经过，都瞥见奔腾的马，
——那蓬勃状的雕塑的马，仿佛
过了这个桥，就有一种驰骋，
或一种理想的光景。光线穿过
城墙，也穿过我遐想的天空照彻
温润的河面——这里即将被
城市围拢，围成一个念想——
的确我的念想里像诗。诗即出口，
或者说诗也是自由的一个渡口。
问题在于我们习惯了城市的催眠术
之后，还能去哪里？我的骑士，
我如何向时间借一匹马？这时
我是游离的音节，"我从外面的
黑暗中走出来，不，是进入，"
我发现一个有着极好嗓音的女人，
我们在那一瞬的光中活过来，
渡河、篝火，倾听她悠远歌唱。
这的确像禄马桥的梦境，越过
桥，就是朝向四面八方的风，
就是假道梦境的那一匹枣红色马。

（原载诗集《听见身体里的夜莺》，北岳文艺出版社 2024 年 9 月）

贺兰山岩画

高鹏程

我想写一写这里的石头
写一写经过这些石头的事物，或者
一阵风。以及被它刮来的草茎、落羽
或者是一头岩羊

烈日灼烧，岩石滚烫。来自贺兰山顶的
风雪，花了数千年，才把它吹凉吹冷
数千年后，那些头颅、胸乳
那双在风中雕刻的手
那些灼热、滚烫和血腥都消失了
而我来到这里，只想写一写这里的石头
我也只能，写一写这里的石头

（原载《朔方》2024 年第 12 期）

春之曲

高英英

春天就要来了
我即使懒惰，也要为这个小女孩
换上缀满鲜花的裙子
她微笑时有星星在眼眸间出没
乌黑的头发比未来的日子
还要浓密，小小的忧愁

使睫毛偶尔沾上新鲜的露水
当她从我的身边走过
欢脱的脚步使我内心的泥土
格外柔软

春天来了
新折的柳枝将重新发芽
整个大地都在修葺过去的遗憾
我将牵着一个小女孩快乐地走过
如同牵着另外一个自己

（原载《人民文学》2024年第2期）

偎　依

郭建强

这时候
亲人相互偎依
每个人的手里攥着一小片火苗
深深地植入母亲的体内

只有极寒的时候
只有死亡，才能让我们抱头相认

（原载《北京文学》2024年第4期）

通向绝对

耿占春

砾石与沙粒。空间复制着
无尽的沙与石，以致无限

原始物质的无梦沉睡
酷热，坚硬，单调，浩瀚

可见的无限性，心醉神迷时
转化为没有神名的教义

而一切都在趋向于极端
像盐生植物，节省枝繁叶茂

适度就类似于激进，唯有
农业偏向中庸，在灼热中

碎石再次碎开。高温榨干
石头，蒸发最后一微克水分

正午的阳光利剑一样砸向
戈壁，砾石在碎裂中弹跳

通向龟兹的路，因荒无人烟
而神圣：人迹罕至，通向绝对

（原载《安徽文学》2024 年第 2 期）

集体婚礼

龚　纯

公共汽车载来新娘们，她们
从女性人群中分离开来，公开进入男人的怀抱
哦，以差不多的形状、大小和姿势。
所有人都得到祝福——就像一场征战开始
壮怀激烈地陈述预期。
美好的情感。美好的躯体。美好的蓝天纯净。
我编了几片白云，放在新娘们中去飘动
使她们看上去都像别人，使她们
在我的生活中更有意义。
而你走得更远，很容易地把自己幻想成
一名自然的伴侣，从仪式开始时
即获得这种权利。
——感谢所有的参与者，激励新人们重视
情感活动的规则。

（原载《诗潮》2024 年第 1 期）

雪　豹

古　马

雪豹独来独往
在巴尔斯雪山雪线之上
远比唐古特雪莲耐寒的影子
稀罕，神秘

它隐身于陡岭峭壁
偶尔从云中探出脑袋
目光凛冽
仿佛莫邪现世

险要处
野羊步步警惕
狐鼬对月起舞
当它纵身一跃
春秋已被改写

（原载于《绿风》2024 年第 6 期）

我写诗，不再写下从前

谷　禾

我写诗，不再写下从前的原野
那些疯长的树木，甜蜜野花
挂在草叶上的露珠映出曙色的芒刺
沿万籁虫鸣消失的屋顶、田塍、胡蜂、墓冢

但你要允许我不错过最后的留守者
他们坐在各自的檐楼顶上
像坐在地球之巅，数着从白昼闪现的星星
——在冬天到来之前，他们
有的是时间，穿过太阳的裂隙去远方以远

从原野尽头，落荒的道路终将汇合

迷失的孩子们住进了林立的楼栋

为了生计和糊口，像一条条安身立命的鱼

转眼消失在光与影的大海——不要

探问他们的前世，这是对卑微者的冒犯和轻贱

我的诗里生出了尘埃，尾气，白噪音

工厂，巴士，红绿灯，超市，广场，地铁

机关，学校，税所，法庭，监狱，癌病房

不明来源的病毒，口罩遮脸的梦游者……

我的诗停下来，对着里边喊："有人吗？"

回声持续荡漾，但没有人应答。仿佛

我的诗抵达了火星——这浩渺天空的应许之城

（原载《广州文艺》2024 年第 2 期）

中年画像

谷　莉

十年前你目光活泼清澈

现在的你周身散布被时间驯服的痕迹

但并没有完全屈服

当你用力盯住一个地方或者不明确的远处

好似有一头牛在你的眼睛里

你的整个面孔都像扳手

试图扳动整颗心

偶尔醉酒，你想念一个女人

盛开的花在河谷的雾气里氤氲

上升的欲望，下降的灰

多少虚妄之矛

让位于盾。午睡醒来

喑哑的身体收回一些力气

一只薄毯仍贴着沙发

你叠起，喝杯水，坐回电脑前

再一次被固定

又似乎随时可以穿越而去

（原载《扬子江诗刊》2024 年第 1 期）

独　行

干海兵

我目睹了父亲的死亡

如时间抽丝剥茧，他飞走了

留下没有痛感的世界。夜色笼罩

窗外车水马龙，市声鼎沸

没有一丝静谧来安放

我幻觉中的闪电

被死亡狙击，停在了

8 点 20，春天般冰冷的

双手，仿佛给我的坚硬密码

到哪儿去，到哪儿去

列车已经开走，我握着的

是一段梦魇的铁轨

一个小人物带走的黑色

是所有白日梦的灰烬

人生如此平顺，如心电仪

剑指远方，亡魂踽踽独行

（原载《十月》2024年第3期）

风往锁骨下吹拂就到了麦田那边

海　男

风往锁骨下吹拂就到了麦田那边

有些距离感，就像你锁上门

去火车站的路线，从巷道口拐弯

有些距离感，就像你往回走越走越远

站在一把镰刀下面，就离天空近了些

忧郁是块状的，蝴蝶似的轻盈上升

哲学并非硕果累累，也并非枯萎的花

走到一座古桥头，才知道人为什么

有时候像幽灵。时空来光，借一束闪电

看见了暴雨，只有奔跑，才知道羚羊们

穿过的峡谷，危崖和图书馆都是天堂

麦田离火车站很远，离面包店也很远

女人的锁骨下都有凹陷的峡谷

男人的脊椎上都有凸现的山脉

一切都是神的安排，我们接受这命运吧

麦地从青黄到收割经历了多少场风暴

你认识的从古至今的文字游戏后面是舞台

（原载《绿风》2024年第2期）

有　赠

韩其桐

地上的野菊
都是我们的亲人
那兀自开着的
是母亲
那独自落下的是祖母

野菊上的露珠
或大，或小
都像是我
眼睛里长出来的珍珠

六年时光
可以是一方手帕
可以隔开生死

现在，我用它
轻轻拭去
菊花上的尘埃

——这唯一的一枝

（原载《草堂》2024 年第 6 卷）

我接受它的照耀

韩少君

大地消失之后，星空格外清晰
在头顶出现，我家水田里来了
一只青脚夜鹭，像脱掉外套的古老信使
若有所思，然后果断地飞走了
当时，我们正在晚餐
桌子移至朴树下，孩子们回来了
老儿子也回来了，回来见老妈妈

有什么，从厚厚的云层
探出微光，我接受它的照耀

（原载《长江丛刊》2024 年第 10 期）

喜　悦

韩文戈

落花使人惊心，流水使人怅然。
多么美啊，哪怕消逝，哪怕打碎。
这个世界多么和谐。

我在人群的边缘，独享喜悦。
多么美啊，我怎能抛开这些——
妄自哭泣，妄自仇恨，妄自去死。
怎忍心把一个人留给远方。

把一个孤独的人留在世上。

我编织着大大小小的花环。
送给我所经过的草场、河谷、马群。
送给每一个清晨早起的陌生人。
他们抬起头：你恋爱了。
是的，我在爱。

我在爱一个人。
也开始爱整个世界。

（原载《当代人》2024 年第 4 期）

寂静的部分，致张新泉

汗　漫

你有着复杂的个人史——
江边拉纤，铺子里打铁，乐队内吹笛
在成都红星路或其他小巷里写诗。

当你捏紧一支笔，总觉得
它是纤绳、大锤、笛子
一张纸是汤汤江水、暗红的铁、乐谱。

就这样逆水拉动一行行重负
就这样挥臂砸出每个字的棱角和温度
就这样吹响一首诗寂静的部分。

爱、美与悲哀，大都不为人知。
一支笔，须睁开笛孔般的眼睛看尘世
再用双手把泪水或露水抹去。

你满头洁白，向明月和飞雪致敬
穿蓝色牛仔服可融化寒意
像大地穿着新颖的泉水，立春复春分。

（原载《草堂》2024 年第 4 卷）

后　山

何向阳

后山的杏花
开了
我还不能
分辨它的
五瓣
粉白
正如没有你的
这个十年
血仍奔流在
赭色的树干

推杯换盏
谈话间
后山杏花已落
这个片刻

我唯恐漏掉

和错过

那么多的春夜

流沙一般

放它过去

从手心

是的

后山

我还不能距一朵花蕊

太近

它的香气里藏有

我的灵魂

（原载诗文集《提灯而行》，漓江出版社 2024 年 2 月）

一个人的山河

何晓坤

退场的人，在局促的空间

重建了山河。青砖勾砌的隔墙

比铁质栅栏多了来自体内的温度

此后不用担心，生活的边界

再次生出斑斑锈迹。鱼池如大海

独木已经成林，石桌及四周的石凳

都可以空着。绿植不要太过铺排

可以盛下清晨的露珠即可

花朵不要太过娇艳，能够唤来蜜蜂就行

空地上的落叶，三五片即有画面感
多了便是视觉的累赘。至于躺椅
一把足矣，置它于时光之外吧
只要还有鸟声和心跳，一个人的山河
仍有寂静深处的波澜壮阔

（原载《诗刊》2024 年第 6 期）

油井的正午

郝随穗

我想用一个大词描述你
这样，辽阔的井场里
就能把全部的正午接纳
阳光是正午的姓氏
一笔一画里溢满石油的味道
如果动力强劲
再大的辽阔都是石油的地盘
如同这个正午
弥散着力量
漫过千山万水

每一口油井都有自己的正午时光
时光中的看井人
执念于一滴石油的沉浮
以时间的跨度
获取正午的纯度和石油的纯度

我旁听着五月诗会的石油之声

一群看井人在油井的草坪上诵读正午

我屏蔽了城市的嘈杂声

用耳朵的方向寻找看井人的五月

诗歌是石油的属性

每一句诵读都是滚烫的

如同这个正午

（原载《诗林》2024 年第 3 期）

李庄的倒影（节选）

何　苾

李庄的倒影，

犹如一幅古代的画卷，

从昔日漂流到今天。

那醒着的夜，

不时地挠一挠江面，

微笑的水，轻拂一排排琼阁，

时间缓缓倒流。

我站在长江之头，

握紧每一分每一秒，

唯恐这里的绚丽从眼睛里流失。

走过一座拱桥，

小憩亭台。我问星空：

有多少废墟着的古镇，

引颈呼救？

当千年的淳朴碎成一地瓦砾，

那么，现代，现代的现代，

又有几多可以捡起？

（原载《草堂》2024 年第 6 卷）

傍晚的歌声浮力最大

何冰凌

歌是河阳山歌

岛是双山岛

沿途景物适时起了雾气

见塔吊剪影便知船

已过江心

滩涂地阔大

螃蜞们爬出洞穴之天堂

燃烧，燃烧

来自浩荡的液态玻璃工厂

夕阳下，故事的胚胎正被

镀上彩釉

"麦过清明，大局已定"*

这是长江的一条内江

古老航道旁

风中的马鞭草和芦苇

涌现更多断头

像虚拟的叙述线索

壬寅大旱
现在我看清了
你烧干的锅底
我所知道的落叶树
是黄栌
我所知道的鸟类
是白头鹎

在祈祷词的细雨中尝到
冰的舌头
究竟有没有一个旧江南可供人们寻找
仿佛为维持某种微妙的平衡
露水于草叶间滚动
更低的月亮打翻在
机动船的阴影里

迎面一排白杨树
伤疤酷似人眼
——这世上悲伤的最小出海口
总能忍住泪水，听凭
傍晚的歌声浮力最大
沙洲晃动

* 引自张家港河阳山歌。

（原载《特区文学》2024 年第 12 期）

极 光

侯乃琦

或许不是，只是亲如母子，
相互索取拥抱。太冷了，一望无际
没有温度的人群，构筑巨大的冰窖，
两个微弱的火种，呼出气体
足以灼伤外部。雪覆盖在哭泣的瞬间，
像某种仪式，让爱冻结。
试图消融的冰吸收阳光的纯粹。
灵魂尚未成年，皮囊却已衰老，
在嘲讽的目光下，委屈地哺乳。
洞悉世界真相，因此折寿，而
毕生所求，不过寻找、成就一种坚韧。
极地生长的植物都不是寻常植物，
难以自愈的冻疮，要用命作药引子。
不能这样耗费，面对寒冷的麻木
如此真实，我们背靠背舔舐自己。
然后，想要反哺空气，回报世界火焰。

（原载《草堂》2024 年第 2 卷）

蔷薇谣

胡 弦

很多事都有道理，仔细想想
又没道理。

就像在春天，不变成一个坏人没道理。

"事物完美得让人绝望。"
蔷薇在开，开过了墙头。
它为什么要开过墙头？去年，
我们不止一次地问。
——没有答案。
去年，我们还是执着的人。

其实，我们不懂得蔷薇，
不懂得许多事不需要答案，不懂得
春天为万物准备下的
是同一个理由。

（原载诗集《猜中一棵树》，南京出版社 2024 年 11 月）

暮色中的祖母

胡　澄

夕光透过菲薄的云层
淡淡的紫色光线中夹杂着浅灰
草木和花朵笼罩在谧静中
我坐在一块石头上
面朝南方
撒欢的牛犊、发情的小马驹、温软的绵羊……
它们都曾经是我、我的侧面
而我已然是她们的祖母
无比惋惜又无比怜爱地看着她们

在岁月中的错误

和因错误而遭受的苦难

依然芳草萋美

每一条皱纹的河流

两岸都散落着天真、稚拙、焰火燃烧的

往昔

与其说失去了，不如说

所有岁月汇聚

成了我峰峦起伏的原野、阡陌纵横的畈田

（原载《草堂》2024 年第 1 卷）

此生之须臾

胡　马

把天空放到铁砧上可以吗？

月光灌醉了山谷

八月，悲伤刹不住疾驰的火车

沉默代替舌头跳舞

一声叹息暴露了威士忌的年份

峰线上，草木剪影如织

如犬吠，如遥远山脉的回声

把你放在疼痛深处可以吗？

那里，一部灰色的《浮生回忆录》

厚，重，值得我

用后半生所有暮晚去无声吟唱

每颗字每束词每粒标点

每幅插图每个章节都是关于你

此刻凝神仰望的注释

现在，它只能静静躺在它所在之处

接受重力的拥抱和时针的锤击

它留下的空白，只能以血

和酒研磨的墨汁补缀

你所谓的朔，或许是我的望

你所抵达的隘口，是我蓄谋逃离的围城

我们在一须臾历经了

人世的晦明与无常

今夜，月亮摘下面具，伴你我

看尽宇宙间，人类的卑微和美好

（原载《诗歌月刊》2024年第2期）

无　恙

胡兴尚

梦中，学习土豆

把自己一卸八块

丢院角，塞墙缝

搁井沿……凡有露水

或月光处

它们都迅速抽芽

占尽人间地利

把家族壮大到极致

原本的伤痕

隐匿至充溢的淀粉中

学习土豆，保存自我的方式

竟是剖开，撕裂

指向自己的摧残

很多苦楚，伤害

必须亲历或遍尝

才能内化于精魂

拥有无恙之心

（原载《山西文学》2024 年第 10 期）

秦淮河夜饮——留别建顺兄

胡正刚

流水声清越如击缶。素花木槿

萧疏的淡香，在清凉夜色里

在倒映着月光的酒杯中

微微晃动。少年相识于文

又在中年望眼可及之际

重逢于江边。他乡繁盛

我们频频举杯，频频

在胸中折柳相赠

以此阻挡胸中的霜迹

向鬓边蔓延

酒醒后，你返回书斋

在时光的熔炉里炼字，锻词

借牛首山的梵唱和晚照

疗治思乡病。我赶赴清风朗月的

扬州，继续买醉于江南
——胸中的郁郁块垒
需要消释和疏解

返回云南前，我还要绕道
宝华山，在见月老人的讲经坛边
垂首诵读《一梦漫言》
——心上的茫茫尘土
需要擦拭和清洗

（原载《草堂》2024 年第 8 卷）

牙　齿

华　清

舍利子，由时间之火焚烧
未化前的肉身，或是相反
以肉身煎熬一小片长夜的烛火
它们共同的结果是结出一粒，或数颗
脱落的牙齿。这最早的舍利子
岂止是不够完美，不够剔透晶莹
这咀嚼过腥膻、美食、寂寞和痛苦
连仁慈的佛祖亦不忍打量直视的
一小块骨殖。落入掌心后
再掉入泥土，它不会落地生根
而只是昭示一种结局，脱落后的
遗失——并彻底忘记出处
如涸辙之鲋最终相忘于江湖

（原载《北京文学》2024 年第 7 期）

碑　廊

黄　梵

对我来说，碑里的人
那些早逝的，也是晚逝的
那些学徒，也是导师
我与他们隔着陡峭的历史
碑文把他们的一生，已打成死结
我用一天，也解不开

从称颂开始的碑文，会以铭记结束
捍卫着每个朝代不变的标准像
当我想上前聊一聊，碑文
以它变色的缄默，镜子一样
照见我自己。领会碑文里的绝情
是我一年中少有的特权

读碑，如读一个人的额纹
感受头颅里渐渐干涸的智慧
让一个上午读碑的安静，作为韵母
我用书房忙碌的夜读，来试着押韵

（原载《草堂》2024 年第 8 卷）

瓦　当

黄世海

檐上，一块残存的瓦当
在褪色的时光中支撑起千年的故事
高悬于岁月，裸露于风雨

那些清晰的朱雀、玄武、青龙、白虎
飞禽走兽，长乐未央
都在以独特的纹饰，归顺雨水

风雨来临。那块瓦当摇摇欲坠
即使面对破碎，也要以沉默的方式
记录人间的悲欢离合

我在瓦当下，看见一位老人的目光
凝聚在檐卜那块散水石上
反弹出，一片蓝天白云

我相信，只要一有风吹草动
站在檐下的老人就会高高地举起双手
生怕它掉下来，砸碎了他的记忆

（原载《四川文学》2024 年第 11 期）

孪生的杜甫传
霍俊明

高楼下四棵杏树同时开满了花
它们紧挨着一排分类垃圾桶
这时节就想起乡下的那棵杏树
那时我把一本《杜甫传》放在枝杈上
仿佛老杜在清明又活了过来

满目白花眩目
父亲一顿刀斧砍倒了杏树
它的根系蔓延得太快
撑开的枝干留给蔬菜的阴影越来越厚

一棵死亡之树
黑色枝头那本薄凉的诗人传记
它们是尘世的孪生面孔
接近于一棵杏树被砍倒时
天空落下来的茫茫大雪

（原载《江南诗》2024 年第 3 期）

人世温暖
黑　陶

你试一试
在中国偏僻的乡野

巨大的冬夜星空
你凝视久了
便会感觉到一阵
涟漪似的、细微的
人世温暖

（原载《诗歌月刊》2024 年第 9 期）

记忆的片段

吉狄马加

多少年再没有回到家乡，
并不是时间和空间的距离，
才让她去重构故土的模样，
而这一切是如此遥远。

姐妹们在院落里低声喧哗，
争论谁应该穿到第一件新衣，
缝衣娘许诺了她们中的每一位，
只有大姐二姐羞涩地伫立门前。

坐在火塘边的祖母头发比雪还白，
吊着的水壶冒着热腾腾的水汽，
远处传来的是放牧者粗犷的歌声。

这是亡故者记忆中的片段，
她讲过多少遍，谁也说不清。
但愿活着的人，不要忘记。

（原载诗集《群山的影子》，长江文艺出版社 2024 年 1 月）

家　书

吉　尔

那个在我户籍上留过二十年的地名
在我离开时我还没有写下什么

是的，我羞于说出什么
在支离破碎的文字里
我依然把人生过成了碎片。迁徙
是我一生的宿命

当我卑微地写下无用的字，每一次辩解
都是一次耻辱
那个扎着羊角辫的女孩
她依然倔强，藐视嘴角上的虚荣

是的，我从未愧疚
从未让自己的灵魂弯曲，落满尘埃
我一次次走向塔克拉玛干腹地
如同敬仰
是的，我从未停止从枯燥的世俗抽出诗意
为忽然读懂的人

（原载《西部》2024 年第 1 期）

运河月

季　风

我是黑暗的，我一直在寻找
一个浑身发光的人。

在大闸口，我如愿以偿——
她一直生活在水里。
低首、沉默、孤独。我见过她
披头散发的模样。

一个晃动在水上
不规则的发光体，试图向夜空
索取更多的光。

但她已无法重回天上，
许多想法只能留在人间，替大地，
守护着腹部的内伤。

我又要动身另赴他乡了，
夜色很快将我吃掉——
我被一个浑身发光的人，
重新扔进黑暗。

这一生，我知道不会发光了。
在一个连我自己也说不清楚的地方，
我迅疾将自己隐藏。

（原载《诗林》2024 年第 2 期）

秋日叙事

简　敏

海平面，昏黄卷帘门在无形中关闭
接着是鸥鸟传来稀疏叫声
将夜色呼唤得更深。水波纹
荡漾着秋日的疼

忽略一株雏菊面临的伤悲
不用刻意解读时间密语
邮筒已积满雨水，我寄送的笔迹
如夏日河床渐显龟裂之意

没有人前来。沙滩茫茫光景
眼中翻涌之物尸倾受
痉挛之苦。诸多海水离开原地
我望着这样的空，我走出
漫长的雨季

（原载《散文诗》（人文综合版）2024 年第 9 期）

落日和星辰

剑　男

那年深秋的一个下午
挖完红薯我和母亲坐在山坡歇息
夕阳正悬在前方山坳上空

我们看松针青枫叶红

看长空中的鹰伸展着金色的翅膀

池水泛着冷艳的波光

我们看见背阴处的野豌豆苗

开出嫩红的花，看到落日消失后

柿子继续把时光延长

母亲说没想到落日这么好看

吃完晚饭后，母亲为

待嫁多年的姐姐赶制过冬的衣服

在我的印象中，母亲第一次

没有使用她自织的青布

而是选用从镇上买回的

蓝底碎花涤纶布，当母亲和姐姐

在夜色中摊开布匹，我仿佛看见满天繁星

又悄悄从天上潜回了人间

（原载《飞天》2024 年第 1 期）

外婆和神

江　非

我和我的外婆去拜她的神

她走在前面，我跟在后面

手里拿着一把鲜草，抹掉鞋子上的泥

外婆的神是土地爷，除此以外

她没有别的神，她拜神

不是为了别的，菜地里的菜苗刚刚栽下

她想让土地爷给老天爷捎个话

今晚不要下雨了，有雨最好等到明晚再下

外婆用手里的草，扫扫土地爷身边的灰尘

外婆把草带回家，扔进她的鹅圈

鹅嚼着青草，长长的脖颈探向暮晚的天空

好像土地爷已经为她捎了话

我并没有见过神，外婆信任她的神

神并不显身，好像所有的神

都是遥远的，柔弱的，自闭的

就像那些害怕我们的动物一样，害怕我们

（原载《广西文学》2024年第11期）

不 朽

江 离

一个寒冷的早晨，我去看我的

父亲。在那个白色的房间，

他裹在床单里，就这样

唯一一次，他对我说记住，他说

记住这些面孔

没有什么可以留住他们。

是的。我牢记着。

事实上，父亲什么也没说过

他躺在那儿，床单盖在脸上。他死了。

但一直以来他从没有消失

始终在指挥着我：这里、那里。

以死者特有的那种声调

要我从易逝的事物中寻找不朽的本质

——那唯一不死之物。

那么我觉醒了吗？仿佛我并非来自子宫

而是诞生于你的死亡。

好吧，请听我说，一切到此为止。

十四年来，我从没捉摸到本质

而只有虚无，和虚无的不同形式。

（原载《诗收获》2024 年夏季卷）

雪落故乡

江一苇

这是最幸福的时刻：屋外

大雪如筛，屋子里面

被炭火烤得发红的炉盘上

茶叶在翻滚

咸菜和白酒在升温。

此刻，没有什么事非做不可，

也没有什么人，从迢遥之处赶来。

只有几个围炉而坐的庄稼人，

不紧不慢地拉着家常。

从他们的表情和话语中可知，

这是一个丰收年。

他们一边呷着酒，

一边不停地感激着上苍。

屋外的雪，越下越大。

上苍似乎也听懂了他们的话语，

有意用这种方式，

将他们的假期一再延长。

（原载《诗林》2024 年第 5 期）

膝盖辞典

姜念光

是动词构成的，名词的半圆。
另一半是形容词的，半月之圆。
是躯体的骨头轴承。结构第二核心。
是屈伸之中，人和人格的铰链。
交叉的配重，平行的括弧，跳跃的传动。
是足字旁上紧凑的、力学的豹头环眼。
是道路的始终，是徘徊与徘徊的逻辑支点。
是归去来的规律，催促千里之行。
是肯定的顿挫，在此牢牢站定。
是吾膝如铁，用铁，勒马回天。
黄金也抬起头来，注视男儿的膝盖。
天地父母和祖国要接受这深深一弯。
给一双膝盖，以容纳委屈和不屈之身。
给两双膝盖，以做同志的倾心交谈。
给更多的膝盖，膝盖，膝盖……
整齐的、热烈的、践踏的步伐催促青年。
我看见膝盖列成了方阵，是一批
骨肉做的词，在兵役中，生出了肝胆。

（原载《草堂》2024 年第 3 卷）

可能恰恰相反

蒋立波

她说她在说性别，没错，这里涉及
一种无法言明的倒置，犹如大厅里的人
在天花板上散步，一棵树被倒栽在
天空中，一团脱掉裤子的云
在湖水里畅泳，当然说的也可能是月亮
尽管她的反面仍然是她自己，斧柄的穿凿
将贯穿莫测的一生，那卷刃的爱
砍伐出一扇扔在地上的窗户，以让
经过错译的光线，照在他们身上
但已经不可能更多，就像采蜜归来
蜜蜂一只只死去，它们死于更丰饶的蜜
那被污染的蜜源，揭示了本质的匮乏
唯一无法反对的是梦，梦中醒来
我仍然是我，是梦所反对的那个世界
但可能恰恰相反，正是微苦的光
我们身上的必死性，折射出那不死的
我们的局部和有限，召唤出那无限的

（原载《诗歌月刊》2024 年第 4 期）

城　市

金黄的老虎

城市最可怕的是

咖啡馆会变成其他

高耸的大楼也会消失

甚至道路和街区也会重新分布

这里的人们热衷于玩积木游戏

你住得太久了

记忆就会藏得满当当

你要会想象才行

在垂暮之年

你将如何向年轻的女士倾述

你的记忆之海里那波涛般的一个个嘘唏

又将在静夜如何摇晃你的躺椅

（原载《文学港》2024 年第 12 期）

大礼堂古玩市场

金铃子

这个城市，我去得最勤的地方

这里的二楼，有我需要的毛笔、宣纸、

墨汁

颜料。需要一个笔架，把我悬挂起来

与它们称兄道弟，却相去颇远

需要一个身披宣纸的爱人

这纸上的岁月，这薄情的世界

方便我写深情文章

（原载《朔方》2024 年第 4 期）

大 潮

津 渡

我面对最简单，也最高明的技巧
这粗鲁与勇悍，刚毅与果断，推动的是生机
也是杀机。每当潮水的意志高涨出一寸
山就向前跨出一步，一种宏大
与另一种宏大对抗，在我胸口撞响
当海鼠从岩洞中伸出须髭，大鹭的翅膀
就在海浪前面展开，渺小
角逐渺小。无畏像一个独子，在生与死
一对命里纠缠的夫妻膝下
我端坐于礁屿，额上皱纹的沟壑
因海水的冲刷而异常洁净
汇聚在溪涧中的阵雨执着奔来，等着一跃而下
渺小的献身，历经轮劫，倾心于浩大
腹中的块垒，此时已淘洗成
掌纹间的一粒沙。鹿角麟面，一袭灰袍
一棵老松立于山巅，把风的寓言朗诵

（原载《诗歌月刊》2024 年第 1 期）

人 说

敬文东

母亲啊，这大片的美景我替你
看到，就像我出生前那股子香味

你预先替我嗅到。
母亲啊，那南归的大雁发出的声音
我替你听到，就像我刚出生时
那只蚂蚁的鸣叫你替我听到。我替你
来到你的出生地，看到了
小时候的你多么乖巧！我替你走过了
你走过的地方，看到了沿途的风景
多么完美！我替你活过了
一生，多么美妙！
我替你到达的每一个地方的时间
无论早晚，都绝不可笑。
你每时每刻都在我身上，为我指路
我会替你去任何你想去的
地方，该有多么崔巍！
该有我洒不尽的多少泪水！

（原载《草堂》2024 年第 2 卷）

礼　物
康　雪

邻居敲门时，我们一家
在做着各自的事
再开门时，门把手上挂着一袋
桃子

睡前我还在想着工作
又想到非凡的婴儿

中国 2024 年度诗歌精选

075

这两者毫无关系
但又像沉浸与跳跃本身——

我没有在受启示
只是单纯感觉到喜悦
所有其他时间
我都在用来想几只来源清晰的桃子

黑暗中，是邻居的邻居
从树上摘下刚长熟的桃子

（原载《广西文学》2024 年第 11 期）

生命的故事——为我的母亲而写

康宇辰

我们一起见过许许多多的花
和花期以后许许多多的种子。
那些小小的奇迹胶囊，在未来的
崎岖而充满光照的道路上，
有的过早滚落，有的开花，
有的飘摇到极远的异乡……

我们一起见过许许多多命运，
带给生命各样的刻痕，各样壮丽或悲辛。
破壳以后，那些小小的鸟儿，
谁飞在高处，谁到过远方？
你也是一只鸟儿，我也是，在天穹

下面的世界里，我们去往何方？

我们一起见过，许多奇迹和不幸。
那小小的鲜艳的花蕊，会生长为成熟的
树木吗？那些过早撑开天空的鸟儿
又怎样度过旅行的长途呢？
我希望你的天空又高又蓝，
我希望我的源泉有花树满园。

那不懂得伤心的第一次花开
和第一次腾飞，我们已告别了很久。
中年的斑驳的阳光，不是新的
然而足够多热度，我们不会冰寒。
你我都有这一生的篇幅，是植物
茂盛地长高，是鸟儿去最向往之处。

妈妈，世界的秋日，遍地火热的
丰收和盛宴，你也在其中啊。
我们等待镰刀沉静地收割万类，
等倦鸟飞还，想起远大的理想
心中就如旧日澎湃。你爱过那蓝色的
天空和大海吗？我爱过你的命运

在天空，在大海。因为永远勇敢的
是牵连着的人们。我知道你的种子
曾在生命的某处，还在世界中冒险。
为我们的今日而骄傲吧，就像神祇
为丰收而庆祝。不是所有的圆满
都值得羡慕，比起你面对过的旅途。

（原载《草堂》2024 年第 2 卷）

忆往事

李 琦

一位林区的友人，多年前
送来两只鸟，说它们很珍贵
猎人偷捕而来
煲汤，极为鲜美

我尴尬，又特别难过
认识多年的人
其实，并不相互了解

那个冬天，天寒地冻
我和女儿在楼下小花园里
用力挖出一个小小的墓穴
毛巾包裹，把鸟儿安葬在
它们从没来过的城市

此后，经过那小花园的时候
母女常常，会心地对望一下
什么话也没说
我的心浮上一层内疚

女儿早已长大成人
可我总是忘不了，当年
一个六岁小姑娘惊慌的眼神
那个冬天，可能是成人世界
给她添上的，一道最初的划痕

（原载《诗刊》2024 年第 1 期）

命 运

李寂荡

因为一朵花的盛开
我种下了一座花园
我从河滩搬运来一堆鹅卵石
给花圃砌上围栏

我将粮食搬到仓库
将服装从驿站搬回屋里
将树木搬上阳台
将书籍搬上书架
将枇杷、樱桃、石榴搬上餐桌
将陋室从南明搬到花溪
是的，我从未停止过搬运
我知道有一天当我停止搬运时
被搬运的将是我，以及
我的命运

（原载《中国作家》2024 年第 11 期）

湿地记梦

李海洲

南方的秋水，静谧诗篇里的初澜。
我梦见植物死而复生
梦见太平洋潜鸟朝夕相伴。

我的爱人是香蒲草还是画眉鸟?
从溪流到黄昏的凉热
睡莲是水里养大的光
睡莲是神送来的。

用天空擦拭眼睛,幽独和星辰
送走了生活的马车。
我梦见鱼类开花,地球的水流
清洗着春天的身体。

大地坐在潮湿的木船上
自由得如一个女儿。
像我梦见的《诗经》、蔷薇科
像我梦见所有的爱都苦尽甘来。

（原载《诗潮》2024 年第 2 期）

立　春

李　犁

天没亮,父亲就起床了
摘下挂了一冬的铧犁,使劲地擦
哗哗的声音像马车从雪地上碾过
直到铧犁青筋暴跳
父亲把那道光芒拷贝到脸上和眼睛里
这就是他理解的春天

狗在柴堆上生产

父亲用棉袄包裹四个发抖的娃娃，放在热炕上
它们母亲的目光由惊惶转成温柔
狗比人更懂得感恩

隔壁的公猪被激情鼓胀着
一次次扑向木制的门板
咚咚，咚咚，像春雷
多年后，想起父亲愤吼它们的样子
像警察在训斥那些行为不端的人

最浩荡的是父亲把牛群赶向南山
穷人的队伍更有冲劲
春潮在它们的四肢上涌动

其实冰雪一点没有松动
父亲把身体掖在棉袄里
把自己扎成一捆柴火
像没点燃的火把，顶着风雪向岭南移动
他要去借麦种
好的种子就是孝子

那时我还不懂得春天的重要
以为父亲晃动长满黄茧的手
天空就铺满了金子

（原载《特区文学》2024 年第 4 期）

乡村即景

李路平

人的踪迹几近消失后，这里重又
被自然占领，草木钻破坚实的路面
枝头的鸣叫从未停歇，老旧的
房屋更加迅速地走向颓败，一夜之间
就倾覆不见，留下的人也一败涂地
老鼠、蚂蚁、蚊虫仿佛开始全面反击
不再惧怕人与死，一种隐秘的退却
始终在持续，地下的根基早已腐烂
伸过来的手又伸向别处，指间
不再有泥土，也许只需一阵微风
就能把整个村庄吹走，什么也不剩
包括夜里模糊的睡梦
包括异乡人忽然涌起莫名的哀愁

（原载《文学港》2024 年第 1 期）

夏宗寺

李　南

看过了绿度母和黄财神
遇到了安多来取经的几个喇嘛
拍下了滚滚涌动的彩色经幡
俯瞰了山脚下黄绿相间的田垄
其中有个发小

推动大经轮转了几圈

沿着石阶和木板走下

头发染上了丁香的气味

回望悬在崖壁上的夏宗寺

我在人世少了一个遗憾

想起未点燃的酥油灯

你在人世又多了一份惦念

（原载《文学港》2024 年第 1 期）

临水的一泣

李三林

作为从小在皖南山野长大的人

我不向往山

却时常向山中去，时常是独自一人

是为了什么？

穷途之处即便有白云浮出

不羁的阮籍依旧忍不住大哭

他哭什么

世间留有他一段回头路，可以继续哭

我只知道世上那些年轻的奔丧者

必遭"临水的一泣"

十九岁那年，在外地听到父亲的噩耗

临近村头河流时我突然放声长泣

恍惚间河心所有卵石

跟着一起走向了无姓与无名

而当我四十四岁，听到母亲的死讯

归乡，举殡。始终没有落下一滴泪水

写下这些为了什么

为了此刻不让泪水可耻地溢出？

眼里的山水几时干枯

无名的泪水几时还在卵石中均匀晃动

（原载《诗歌月刊》2024 年第 12 期）

燕　子

李　双

候机大厅的天幕上，它们

有多密集

旧石器时代的一只石臼里，那一只燕子

就有多孤单。两个永恒的现在。

它是屈原、李白和王后

挤在它的名字里。

鞑靼荞麦酿成了酒。

岩野荞麦也酿成了酒。

同一块土地曾是两个国家

一只燕子

是两只燕子。

下班的农夫，翻开口袋

将里面的泥屑撒在土路上。

燕子的叫声急促又尖利，因失去了意义
而获得了意义。
土地死了又活
人活过来又死去，在燕子的
七根廊柱之间。

（原载《诗刊》2024 年第 8 期）

立　冬

李郁葱

认识到这一天有多容易：草叶上
沾满了霜，蜗牛都已无影无踪，树叶
还在下坠，仿佛是从昨天的枝头上

我所看见的早晨也在流逝
在一条河里，被鱼饵吸引出了水面
和涸辙之鲋紧紧相依在一起

我们不会被寒冷所烫伤，不会
从自己的眼睛里看见躲藏起来的人
不会把自己的痛苦公之于众

这一天开始学习着做一个夜行人
那些过冬的装束将会占据我
臃肿一点吧，搓着手，顿着脚

草叶开始枯焦，大片大片地倒伏

但根还在泥土中挖掘：深一点
再深一点的地方你可以看到自己的脸

（原载《文学港》2024 年第 5 期）

放月亮：给即将出世的儿子

李　壮

漫步。抬头。每十米一次折返：
月亮也这么跟着我。今晚
我像是也变回了孩子
用无形的风筝线放着月亮
头顶落尽了叶子的树杈
哗啦啦刮擦这枚天体就像
它们在秋天刮擦双层巴士的顶棚

想起来都像是很古老的事了：
那么久那么久以来
我都一直待在这人世的车厢内
整片天空、所有那些发光的
和不发光的星球
也一直跟着我漫步往返：
我曾像个父亲那样放牧它们
而它们照着我长出胡子
它们照着我真的变成了一个父亲

（原载《诗刊》2024 年第 8 期）

梨子坪琐忆

李永才

那些散落的村社
——散落的日常，与庄重的往事
是我的童年之所在
是老屋、稻田与弥勒堂之所在
是望天书与放学铃之所在
炊烟升起天空，燕子飞老屋檐
都有属于乡土的逻辑
而最为抒情的，还是那些古老的宁静
叹息与洒脱，是司空见惯的事
就像牧放于风中的水牛
一边吃草，一边在回忆或倒叙
——饱经风霜的日子
透过亲密的桂圆树，落在木船、牲畜
以及薄雾般的孩子身上
临近黄昏，红太阳一路向西
去追赶几个远行之人
而父亲的眼睛，如善良的星辰
开始点亮村子的油灯

（原载《剑南文学》2024 年第 5 期）

海问香

李　遂

她耐心与我讲述遂宁、介绍川菜，仿佛
一款大容量的网盘，不限速地去搬迁一部
生活史。要一起经历平凡与失败吗？

让白云腌制在我们的瞳孔，让小收获
跋涉至生活的额头，做饭、养猫、读昌耀，
偶尔也关心咖啡的小脾气，我们行走在
不算捷径的小路，笑容是一场新雨，
荣誉则是瓶标有保质期的一次性罐头。

照顾好缓慢燃烧的躯体，保养好
摊开的心情。时间是一个问号，直到我们
收缩的问候被拧紧在彼此慢热的感动里。

（原载《文艺报》2024 年 8 月 23 日）

灵岩书院

李　铣

久闭的眼睛，突然睁开并微笑
青山更加葱郁，悬空的雨滴
穿越鸟鸣和薄雾
字词幽静，从典籍里跃出
排列成句子与段落，送入

阅读者的手上和心中

大师正在燃烧的果树旁

与都市对弈。远眺：不负有心人——

功夫为人世的那一柱炊烟

负薪砍柴，背炭生火

（原载《诗刊》2024 年第 9 期）

在北温泉，茶会闻《碧涧流泉》

李元胜

以昨日为琴，可得寂静

以昨日为山，可得荆棘

我们走过的路，握在谁的手中？

又将为谁停止轰鸣？

萦绕心间的，总会破云而出

获得自己的万丈绝壁

从遗忘的深涧中涌出的

是百年前的泉，还是今晨的露？

残破南宋收进一册琴谱

苍翠缙云倾泻而下

我的杯盏里，浮着北海的船

南山的樱花……

云游万里，幸有荆棘提醒

肉身还在北碚

（原载《山花》2024 年第 7 期）

秋 凉

李以亮

鼓噪一季的蝉声消失了
秋凉是一首外放的歌

据说蝉在地底隐居十七年
有些被爱所伤的人则一辈子缓不过劲

愁肠百结的秋雨像抱怨一样没完没了
把雨水收集起来倒不失为一盆浇花的凉水

想到我宁可轻信的天性
总是倾向于将一切往好处想

也许只是过早将红尘看破
也许只是不想过早将人世看穿

（原载《诗潮》2024 年第 3 期）

桂花问题

梁 平

桂花枝丫长满新鲜的叶子，
在窗台隔一层玻璃，种种暗示。

枝条纠缠一个问题，叶子疯长一个问题，

季节该来就来，我的桂花集体静默。

有风吹落以前诵过的唐诗，
双音节叠在半空，等待某个时刻。

合十为巢，为庸人制造梦的眠床，
想一些鸡毛蒜皮，无花也无憾了。

在这个季节相信美好，相信亲近，
在我与桂花之间，达成默契。

窗玻璃突然破碎，迟到的桂花对我说，
死于你掌心肯定优美。

（原载《四川文学》2024 年第 12 期）

冬 天

梁晓明

每天都有一个傍晚
每个傍晚都会有一盏灯
亮在你的窗前

那天下午我从广场走过
节日很短，公共汽车
一辆辆开过，没有一辆停下来

天渐渐黑了，下起了雨

这样悒郁的时候
街道冷清清的像根生锈的琴弦
无声地躺在城市里

没有人从这里走过
一扇又一扇窗子和门都悄悄关闭
没有一只手向我伸来

在这样下雨的路边站着，我想起早晨
太阳升起来的时候
我曾经歌唱过

（原载《特区文学》2024 年第 9 期）

虚拟的智慧

梁尔源

智轨快车吐出一条虚拟的轨道
AI 铺设的城市神经
城市腾出奇妙的想象空间
钢铁已经隐身
那些膨胀的砼正在消停
腾出更多仰望星空的眼神
马路上的奔腾不息
虚拟一些该多好
让微信不再是拥抱的唯一
智轨打开了绿色的视野
分贝不再是喧嚣的感应器

"灵活的胖子"
成了削减胆固醇的药丸
主动脉上虚拟的支架
在降低城市心梗的风险
不论行到哪个方位
觉得脚下总有一种指引
眺望也有一种鞭策
有这条埋在道路心中的轨道
一个城市还能偏离时代吗

（原载《湖南日报》2024 年 5 月 10 日）

从　此

梁智强

水在记忆里浸泡久了
自然找不到登岸的理由

存在或不存在，滑稽地
沦为虚无之问。我长年凝望
从海底返程的回音。抵触的深
变着戏法，却还是陈年样子

灰色胶片模糊了我们
对时间的辨认。破败老屋前
布满了荒草。这是它
唯一体面的亮相

夜里，转身离开的人

故意把木门半敞着

只为给那些消失的眼睛

留一道微光的缝隙

（原载《上海文学》2024 年第 12 期）

孤儿的泥塑

雷平阳

用马车，一个孤儿

将泥塑的佛像

运往山顶供奉

走在坑洞与巨石的路上，马车颠簸

泥塑的各个部位不停地往下掉

——到达终点，佛像只剩下几根

绑着稻草的人形松木支架

他抱住马头

伤心地抽泣

四下苍茫，无人给他安慰

马伸出舌头舔他的手背和眼睛

（原载《诗潮》2024 年第 12 期）

困顿辞

雷晓宇

几个月来，一个字也没写
言说已经到了不可言说的境地
虚无也露出了它坚硬的底滩
我曾以为，诗歌可以像永恒的天琴座
在夜空中奏响一种远古的高邈之音
把我带到命中的荒野
但中年的沼泽地，还是横在身前
要背上背包，出一趟远门吗
在山里，加入群鸟的合鸣。还是
去看一场电影？但困顿始终如白云
铺陈在巨大的天幕之中。想一想
自己即将步入中年，看着
镜中那张可怜的面孔，又被
自取其辱地嘲弄了一番。有时
忍不住想要和暗中的敌对者和解
但调解人却始终不肯现身
"唉，到底是怎么了
一个人背负着全人类的困厄
雨还要落在我刚晾出去的鞋子上"
——它湿透了，像两只受伤的巨鲸
在布满脚印的沙滩上搁浅

（原载《诗刊》2024 年第 11 期）

题一张战地照片，二〇二三

莱　明

三岁的哥哥牵着一岁的妹妹
朝边境走着，在举着冲锋枪的士兵面前。
他们说：这是世界上最小的难民。
地图上，加沙也只是一个小点，
像地中海落进沙漠的一滴水。

但眼泪不流回大海。子弹穿过童年不分昼夜。

（原载《草堂》2024 年第 5 卷）

告　别

蓝　蓝

一个朋友突然死去。
另一个漂洋过海，去了异乡。
秋天敲响我的房门，
递给我夏日的诀别信。

时光享用掉在大地的果实，
冒着热气的青春身体。白霜凝聚成寒冷
在它流血的嘴角滴落。

告别早已开始，而那时我并不知晓——
经七路的法桐树下，公用电话滑落

泪水涌进喉咙——告别早已开始。

像一尊石像，从腰间断成两截
一个人与自己告别，脱身而出的是另一个人。
多年以后，妈妈在我的怀中停止呼吸，这一次
我知道我必将随她远去。

我已是我所爱者的遗物和遗址。
我是亲爱者的影子在大街上行走。
我是你们的梦和镜子，当你们睡着了

当你们打开窗户忽然想起
某个夜晚，年轻的我们在五月的树下
一起欢笑的情景。

（原载《江南诗》2024 年第 5 期）

与兄弟雪后上山

蓝　野

洁白的天地间
我们说起祖先的传奇
在传奇的拐弯处，突然停步
凝视着来路和去路

命运的坦途和深渊
被几句玩笑，轻巧地遮盖过去了
此刻，大雪已盖住故乡的山头

还要竭力盖住世间的全部

一阵微风，一棵野草
一株路旁的小树……
眼前的一切犹如神迹
还有我们和这大雪飞舞

一切都在诞生
一切都在老去
山下的村庄，大地上
每一片雪花
都在凝结与消融的剧本里

（原载《十月》2024 年第 4 期）

在沱江边看流水

蓝格子

确切地说，是在长江与沱江交汇处
江阳，是古称、旧名
但城市已在时间中完成更新
只有龙马潭路边硕大的树冠，一如往昔
叶子影影绰绰，遮蔽着记忆的旧址
星辰，早已远赴他乡了吧
我们漫步至沱江边
谈论起与长江有关的那次相聚
闪着波光的水面，小舟行至江心
带来古时意境

我闭上眼睛，想象过去的江水

是怎样冲击不远处的山岳

它们悄无声息如若此刻

还是激越不已，像年轻时的我们

当我们站在江边看流水涌动、远去

势必汇入更宽阔的水

磅礴由此可见。就会明白

那些江水从不会在流逝中迷失自己

就像它们从来没有想过带走什么

包括那些被我们深爱过的

奔赴入海的勇气

(原载《钟山》2024 年第 5 期)

桃花洲

林　莉

清晨，云雾聚集泸溪河

至暮晚，已不见踪影

岸边枫杨和樟的新绿，蓄满慈悲

暮春的大野，已完成了新旧更替

坐在竹筏上，风化岩上的万物

于眺望者的眼中，各具想象

崖壁收紧了内心的云彩

由玫瑰色转至黑青，愈见深沉

四月，发生过什么呢
夜半醒来，群山仍将千年之谜

推向黎明，但并不给出答案
只有一棵苦楝开满紫花

站在渡口边，安静地
等南来北往的人，慢慢走过浮桥

（原载《星火》2024 年第 4 期）

当我们陷入茫茫的雪中

林　珊

此时此刻。一场雪，从空中
飘落下来。更多的雪
从山脚，拾阶而上

远山一无所见，黑夜没有尽头
空寂中，是谁点燃一盏孤灯
又是谁将歌谣轻轻哼出

当我们陷入茫茫的雪中
欢呼，雀跃——
更多的雪，落满我们的头顶

这样多好，等了那么多年
我们终于可以在空无一人的雪中

一直走，一直走

一直走到共白头

（原载《诗林》2024 年第 5 期）

未知之雾

刘　川

世界，可能就是
未知的雾

邻家的傻小子，三十岁，才七八岁智商
他清晨朝露里扔石头

并无恶意
却常伤人

他不过好奇，这雾里有什么
就用石头试

雾里，有时是一个老人
有时是一个小孩

有时，是一个壮汉的愤怒
或者，传来牛叫

有时是扔回来的一块石头

他有的，这雾也有

（原载《草堂》2024 年第 10 卷）

归去来

刘　春

沿栖霞寺边的小道
往前几百米，走着走着
就狐疑起来，感觉方向在偏离
以前不是这样的，哪怕是第一次
也胸有成竹。一条路
虽然狭窄，总能通向终点
现在弯道少了，但随时分岔
而且新修不久，导航没有记录
似乎每一条都可以通行
每一条都可能出错
于是你担心，停下，转身
返回原地，叫出租车
从烂熟于心的老路回家

（原载《诗潮》2024 年第 3 期）

山鬼歌

刘　年

总嫌我肮脏、粗野，不合时宜
我是大山的儿子，在山里
连最胆小的山麂，最孤僻的猫头鹰
都喜欢我，你们不知道

我能在山里过几年，只需要一把刀
飞鼠咬采药人的吊绳，咬猎人的套索
但从不咬我的藤条，你们不知道
我懂得春花和秋叶，是山的抒情
泥石流和崖崩是山的愤怒，你们不知道

黑云压城的时候
我站在山顶
含泪注视着人间

你们，不知道

（原载《诗潮》2024 年第 2 期）

海边，喂养海鸥的一个下午

刘崇周

你并非不知道鸟的颤动，在海边
我们拿着三块五一包的面包屑，向来往海鸥

挥手，你突然冒出一句

"螺旋桨不就是电风扇"

你的逻辑在于联想海鸥与海，再到海

与人造的潜艇

铁片划破液体，正如划过空气

一再更改扇叶的数量，用以区分二者？

会有人将淘汰的螺旋桨改造成大型电风扇吗

这种童年好奇，很难在两个成年人之间

碰撞。谈到童年

对话陷入木讷，你开始絮叨讲述你的十二岁

你是内蒙古人，我知道，看见草原比看见大海更容易

你说，在你童年屋子的墙壁上

挂着一幅海浪的油画

你的父亲说你性子急，看水，能慢下心

（原载《青年文学》2024 年第 2 期）

黄河的底子

柳　苏

不懂事的年龄，就记住了

大人们一句话：黄河没底子

告诫产生作用，惊愕，发怵

再后，长大。懂了不少东西

没底子之说，开始接近于笑话

可一当身历其境，脑子又进入混乱

十四岁那年，回口里*看望舅舅

乘船过河。人们都坐在船帮上，有说有笑

唯我坐于船心，惶恐不安

船入水深处，突然

屁股底下冒出一股水来

我连滚带爬的瞬间，艄公一个箭步过来

稳稳端坐于窟窿眼上，险排

旱鸭子畏水本相，也含有对没底子的惊骇

再再后来，黄河枯水段

同事们蹚水过河，我还是提不起勇气

就因一句话，让我半生心存余悸

不管怎么说，最终黄河的底子找回来了

没底子的悬念转移。现实

让我们看得越来越清晰

神魂似有似无。比传说中的

黄河没底子可怕千百倍

* 口里，即长城以内的地方。

（原载《鄂尔多斯日报》2024 年 7 月 2 日）

骑车进入黄昏

楼　河

空气曾经十分透彻地

把日光刻画的一株银杏树扩散成天空的旋涡。

我骑车从荒废的工业园里驶出，

但脑子还存留着那片秋天的风景。

是否我们必然需要这样的景致我不知道，

但在持久的骑行中暮色悄然降落

却让我感到了一种深深的怀疑。

天空逐渐变紫，玉米地里发出了

无法平息的噪音，孤鸟飞过田野，池塘的

水面上漾动着没有来由的波纹。

似乎一切都在窃窃私语，似乎一切

都无法说清楚自己的原因。就像

我不知道自己为什么会来这里，不知道

为什么废墟会比喧闹的街市更有吸引力。

暮色不断下沉，天空中的蓝

也变得越来越深，如果前方的小路

向我迎面走来一个孤独的身影，我是否

会以为孤独本身就是奇迹？

（原载《草堂》2024 年第 9 卷）

在三岔湖上泛舟

鲁　娟

湖面越来越宽

欢喜自在心开阔

开始变成一条小鱼

一只白鹭

一只仙鹤

一阵风

一片云朵

慢慢回到一个孩子

漫步五岁时光隧道
一边惊喜打开祖母的首饰盒
一边发现了整个世界

（原载《诗歌月刊》2024 年第 3 期）

降　温
路　也

气温自有逻辑，跟谁也不争辩
水银的工作严肃而纯粹
智慧被困在玻璃柱里
大地正在写一部寒冷理性批判

跟爱过的人说永别，让对方成为传说
我忍受不了温吞的不忠，我要酷寒
索性跑到温度计之外
与朔风和冰凌为伴

让云朵冻住，传递不了信息
让冷成为一根刺儿，永存皮肤下面
空气僵硬，连忘却的气息也散发不了
房门砰然关上，我是我自己的壁炉

冬天需要最少的词汇量
浪漫的闲言碎语不合时宜
我不做诗人，我要成为哲学家
请求严寒把人生重新雕造，要有型有款

（原载《诗潮》2024 年第 6 期）

同 行

伦　刚

母马的灰鬃被五月的雨夹雪打湿了
花色缰绳也是湿的
在又陡又窄的崖壁落蹄，马鼻喷气
胸腹不易察觉地起伏
我想摸她怀驹的郎当鼓腹
她抖动颈脖碗状铜铃当当绽开声音之花
深谷的荒风向上吹着崖壁荒草
我牵着她，登山鞋牢牢抓实一步一步下行
才感到她是灰岩色的藏地高原纯种母马
从遮风蔽雨的岩窟出来
我俩一前一后相互映照，没有任何伪饰
在这迟来的寒冷的高地春天
我打战走着，从一到万默诵度母

（原载《草堂》2024 年第 7 卷）

爱是一把旧琴弦

龙　少

阳光照在粉蓝色的纸上
像旧琴弦演奏着年轻、饱满的曲谱
这是一束枯萎花朵的包装纸
它的蓝色，新鲜得不加掩饰
仿佛时间再次打开了自己的牧场

我是这块蓝色的边缘人

视野的旅途融化在丝绸般的午后

那因几日雨水而显得格外鲜亮的光线

游走在每一块玻璃窗上

我喜欢这样的蓝色

尽管它和外婆深蓝色的衣服相比

稍显稚嫩，但它依旧能使我陷入回忆

使思绪落在岁月的弦上

久久不能平复

我的外婆肯定也喜欢这样的颜色

喜欢此刻，阳光照着我和一束粉蓝色的纸

仿佛秋日酝酿的情调

缓慢而平静，同尘世隔着细细的纱网

（原载《诗刊》2024 年第 9 期）

在边地看雪
卢 山

雪山在黄昏里傲然耸立

牧羊人家族里一座古老的神

边地的雪如四处游荡的羊群

即使在春天里也丝毫没有松口

仿佛边境哨所漫长的铁栅栏

将疲倦的春风关在了门外

我们握紧把手屏住呼吸

驱车向雪的腹地进发

一次次受阻于这伟大的气流

在一处石房子前，我们下车
置身于一片纯白的风暴中
除了相机的咔嚓声、人群的尖叫声
还有那无数扑面而来的
如天神下凡的——
雪的词根的炸裂声

（原载《扬子江诗刊》2024 年第 4 期）

两个故乡

吕　历

常把有时思无时，
莫待无时思有时。
　　　　——民谚

土语和母语，是我的
两个故乡

一个是发音
一个是词根

动物的故乡盛产阔步的雄鸡
植物的故乡间插苦涩的青蒿

一个在屋后吊嗓
一个在房前排毒

两个故乡，一个是我的口型
一个是我的词典

倾诉空白处，写满我歪歪扭扭
密密麻麻的注脚

（原载《草堂》2024 年第 12 卷）

亲爱的燕子

陆　健

除了苦寒之地
几乎到处都有你的影子
你的爱

北方为你们铺满了春天
你在我家屋檐下找到旧巢

修修补补，用泥和麦秸
世界似曾相识，你们的巧手
哦，是你们小巧的嘴巴

农人的朋友，城市的客人

一排小燕子伏在窝里
小嘴一字张开成钝角

剪裁斜风细雨。你们的忙碌

还有你家的各方亲戚
都在行善事

还有借岩石栖身的
小童燕，岩燕
叼干草、绒毛铺床褥的紫燕
和把巢穴做成瓶子形状的赤腰燕

（原载《扬子江诗刊》2024 年第 6 期）

明月照他图

马　嘶

杂草淹没了小径
因铁轨深挖的山凹落在肩上
你又将扛上夜以继日的
碾压。山脊不见了，一幅苦水深埋图
风领着我和行之穿过荒芜
一只白鹤从田间缓缓飞起
你挣脱了吗
光阴在墓地重聚
二十年了，纵浪大化不过草木一秋
这是你活着不会追问的意义
我替你燃烧、锤炼，在熄灭之前
孩子走在我们走过的路上
他记得这来路，记得明月一路照他
繁星整夜都在山谷闪烁

（原载《诗刊》2024 年第 9 期）

在战栗的光线中慢慢成为诗人

马　累

冬日下午的光线总让我想起
外婆的音容。黏附在砖缝间的
干白的青苔，会在下半夜变成凝霜，
会像外婆晚年的银发。
如今只有我一个人坐在这狭小
但干净的院子里，回忆如同鲠在
喉头的一句话。我想大声说出来，
但有些感受是否就该保持某个沉默
的形状？是否就该沿着喉头抵达
耳膜、瞳仁和大脑？
我依然记得我九岁、六岁甚至
是四岁时的欢欣，全部来自那个
叫外婆的形象，在她的田野、院落
和灶台边。到如今我依然极端
热爱大地上凛冽的植物，
它们仿佛光线背后的沉寂与无名。
它们守护着轮回的四季。
现在是冬日的某个下午，
我想起了外婆。她应该知道，
我正在战栗的光线中慢慢成为诗人。

（原载《星星·诗歌原创》2024 年第 6 期）

街　边

马培松

在临街的小区绿化带内

一小片一小片菜地，像一个个小贴士

被随意贴在城市街道的某处

那些莴笋、菠菜、海椒

红的番茄、绿的葱，还有在透景栏杆上

攀缘而走的豇豆、苦瓜

和开着小黄花的丝瓜

在街道两旁的风景树的映衬下

显得害羞又放肆

在街道边的方砖地上、花台上

那些席地而坐着的与儿女同住的老人

他们在打扑克、聊家长里短

聊乡下的旧时光

也聊城市里的新鲜事

偶尔你会发现，有

一束或者几束眼角的余光

绕过来来往往的行人

小心翼翼地瞅一眼

绿地上那一小片一小片的庄稼

也包括地砖缝隙中

泛起的星星点点的绿茵

（原载《草堂》2024 年第 10 卷）

山川的气息在体内流动

马文秀

驾车穿过兴海县黄河峡谷
我们谈论着过去与未来

假如今天的谈话令你愉快
那么明天、路途、距离、相思
也便无足轻重
不会横在黄河峡谷两端

山川的气息在体内流动
心底的私语
也需要在合适的时间被释放

我们的相遇虽说偶然
有时也为明天的相见
惊喜到失眠
分开却让我们难过

心知此意，为何还要分离？
此时我才明白
为何声音更喜欢在喉咙中滚动

庞大的气息环绕在你我间
却让我一个人难受
痛苦过后，肌肤也会留下皱褶

（原载《上海文学》2024 年第 9 期）

云屏三峡口占

马占祥

传说：背着烛火的人，寻找深邃的大海
传说：洞天之内，有仙子还在人间
传说：山中有鹏，背负青天，化为绿苔
一个现代人，到山中，小若尘埃
山顶，大有气象，不见古人往来

（原载《飞天》2024 年第 10 期）

冬　天

麦　豆

空气冷得像冰
我们仁，在冰里跑步

两个孤独的男人
站在高坡上，在一张绿漆桌子上
抽打一只白色的小球

一双红色球拍，不比他们轻松
异常艰难地在冰中移动

我们，每一个，因为冬天
突然在熟悉的世界里消失

但在显微镜下：那双眼睛
仍然盯着我们，每一个

（原载《草堂》2024 年第 6 卷）

星　辰
木　郎

诗集布满灰尘，书架上的诗人死了
他是我年轻时攀爬的岩山
从饥渴，到痛饮——修辞的怪兽

在我体内滋长。又变成畸变的石头
多年来，我已进入另一片密林
我正清空，被我吞食的，凄风苦雨

我也将死在书架上。白骨
发出微微磷火
是万里星辰，照见我们共同的枯山水

（原载《草堂》2024 年第 5 卷）

寄成都
毛　子

借春熙路，我想繁华一点

借草堂，我想朴素一点
借宽窄巷子，我想闲情一点
借九眼桥，我想江湖一点
借金沙遗址，我想沉淀一点
借峨眉山，我想飘忽一点……

借光，借道
借浮生三日
身在蜀中，竟乐不思蜀……

（原载《草堂》2024 年第 3 卷）

回声研究

蒙　晦

一个微弱的声音告诉我，
"你不属于这里"。
带着警告和劝慰，
那声音很深，像来自某间
我不知道的地下室，
甚至难说它是否真的存在。

我揣测着刚才的事，
知道它一定发生过
并且留下了什么，
即使冰块消失了也会留下水渍
——它留下了那句话。

当我启动嘴唇

说着"我不属于这里"，

犹如那句话的回声，

我知道我那微弱的声音难辨真假，

当我正在某间你不知道的

地下室里徘徊，且独自一人。

（原载《特区文学》2024年第6期）

观　瀑
慕　白

水要站起来

就不怕悬崖

人要立起来

得靠孤独

仰俯自如

感谢脊梁

飞吧

前面依然平淡

我已到中年

热爱大自然

在低处

跋涉

匍匐着活

汇集命运之水
在寂寞的日子里

风吹人世
圆月弯刀
直到下一个悬崖
和再一次虚空

（原载《福建文学》2024 年第 4 期）

回　答
芒　原

常常向另一个自己
提问：我是谁？
往往这时，深陷黑夜的
另一个自己，并未回答，只是
让现实的我从昏暗中看到园里的雪松
它像另一个不回答的自己，像一团
更深的黑，悬浮在沉郁的时空
而裂开的松果，已经轻轻打开它的身体
交给加快脱落的松子，由此看出
很多事物都在隐秘里完成了命运的交替
我为这个偶然的相遇，心中一震
一下想到，那一日站在鸡公山悬崖边
风吹着细沙往下陷落，脚下

那些陡峭的山坡上，散落的村庄
像开着的蒲公英
风一吹就开了，风一吹
就散了

（原载《草堂》2024 年第 4 卷）

如意桥

娜　夜

过了如意桥
就是曾消失的半镇寺院
一些词过去了
不再回来
我不过去
也没有完成一首诗的愿望
完成意味着了结
有神论之事
我不想了结
清风杨柳
如意桥连着此岸烟火
都活着
就不存在真相
只有选择

（原载《广州文艺》2024 年第 9 期）

漫 长

聂 权

1995年夏某日，15：00多
山西省物资学校外的
一家面馆，16岁的我
走进去，点了一碗
肉炒刀削面，
周围饭馆中
这家味道最好。那日等待漫长
已过饭点，厨窗后，两名年轻厨师
一名和面、揉面、醒面，一名
切肉丝、青椒
阳光缓慢转移，为莫名的奇怪的艰难
作注解，一名厨师
终于忍不住抱怨："为了一碗面
——真费劲儿啊！"
老板娘听到了他的悠长叹息，神色
没有一丝变动，她脾气好、礼貌
她弓腰，撅着屁股
把地拖得湿润干净
四个人的15：00多，是
一种展开，谁也不会去想
各自命运将如何延伸。那日晚
同学嚷嚷去坞城路录像厅
"新片里有吴孟达！"
那日晚，录像厅老板
拒绝我进入，因为我
看起来实在太小了

那日晚

还没遇到地痞永锋

（原载《草堂》2024年第9卷）

日神醉了

欧阳江河

日神与酒神，牛耳各执其半，

春风上头枉活了三生三世。

刺头下手，小姑下厨，

老酒和假酒联手摆局。

空酒瓶从星空往下砸，

空海也昏厥。

一身浑球像个棉花贝勒。

哪有卖花酒而不卖鲜花的酒保，

哪有嗜老酒而不碰老钱的酒鬼，

哪有芳心一醉而肉身不醉的美人，

可叹，她陪你万古但不陪今宵。

代驾人在暗冏处空等。

车速已超光速而不踩刹车。

部分多快，整体才会慢下来？

即使钻进公主的肚子，

也没人吐出来会是王子，

竟无一丝羞愧。

没酒能把大快哉喝成小天下，

中国 2024 年度诗歌精选

123

上帝的酒量比不过你。

（原载《江南诗》2024 年第 1 期）

爱的赠言

庞　培

爱是灵魂的惊恐程度
一列火车开出去很远，又回来告别了
一场雪，落在旧年
车窗上。所有的街道、房屋
像是行进中的、旷野的车窗
这句话在我头脑里
盘桓良久。过了大半天
从早到晚，都震惊在它的声音里
声音和画面，还有话语的力量和
寂静
爱获得了积雪的寂静。有关爱的话语也
同样，寂静如秋天午后的房间
淡淡阳光，响着铃铛声的空气
夹杂苦味
一阵阵记忆袭来。树木、花草
有如旅行中消失的远方站台
半夜梦醒，我匆匆亮灯，写下脑海
泛现的这个句子
好像月亮在我的身体上画出文身
窗外的月亮又大又白
月色轻飘如地面桂花幽暗

这是秋天对爱的思念

——不！对爱的认知！

夜色隐退。大地退场

一生清空的岁月纤毫毕现

我凝视黑暗而被凝视

同时置身深处而又浮出表面

忏悔着赞美！惊叹着辗转

仿佛废墟的金属凹槽锈迹斑驳的

日期

爱是各种抽象数字：年龄、金额、

天数、车次、钟表、价格、票面……

我们居住在桂花落下的寂静中

一小枚金黄花蕊的黄道十二宫

在乘火车旅行的两地书中

所有的铁轨都是，或曾经是

爱情温柔的垂怜和撞击

而遗忘——遗忘湿润着世人的心

——那一列开出去很多年，又回来

告别的火车，确凿地写下风雪的前方

赠言：爱是灵魂的惊骇程度

（原载《扬子江诗刊》2024 年第 2 期）

一场夜雨过后

青小衣

雨在天亮之前停了。樟树叶子上的灰尘

枝丫间硕大的蛛网，都不见了

天空更空，一朵小小的乌云也走了

更多的东西留了下来。湖面泛着鳞波
鸟儿喉咙里滚动着鸣啼，花朵噙着水珠
堆积的木头上长出了小耳朵
麦苗嫩绿的新叶里，积攒着向上蹿的劲头儿

走在雨后的路上，心头萌生出瞬间的快意
没想到无声的欢呼居然也震动了
路边盛开的海棠。花瓣纷纷落地
我赶紧屏住呼吸捂住了胸口

天色愈加明亮。经过一个小水洼
终于没忍住，轻轻地，又使劲地踩了下去
溅起成群的水花，都带着小小的快乐

（原载《绿风》2024 年第 6 期）

小　令

晴朗李寒

骑车撒把，穿过林间小径。
辨识草木，一一叫出它们的小名。
地下有秋虫吟唱，
高处有喜鹊争鸣。
嘿，一个半大老头子了，
活过了巴列霍，佩索阿，曼德尔施塔姆，
即便还没有写出

和他们一样伟大的诗句，

那又如何？

你还在爱着，痛着，写着……

对不可知的未来，

还有少年般懵懂的期待。

（原载《草堂》2024 年第 4 卷）

第一句话

邱红根

右脑大面积梗塞

躺在镇医院，昏迷了十几天

谁都没有想到他还能挺过来

"左脑管语言，右脑管艺术

如果您九十三岁的老父亲能醒过来

左边肢体会瘫痪，但不会影响说话"

果然

醒过来的父亲嘴角歪斜

左手、左脚，其他左侧的东西都坏了

但还真能说话

我们都猜父亲醒来后会交代什么重要的事

没想到他拼尽全力，挤出话

"红根，把，钱，还给我"

父亲昏迷时，在他的房间里
我搜出来了，藏着的，皱皱巴巴的一千元

我记得父亲好着的时候，有一天说
"垚垚结婚，我准备给孙媳妇一千元"

（原载《福建文学》2024 年第 6 期）

自画像
羌人六

俗称川西坝子的成都平原
于故乡长满高山的人而言
有着菜籽落海般的浩瀚
锦江区红星路二段 85 号
悄然崛起的摩天大厦
巴别塔似的巍峨耸立
太阳、白云和天空
在它的追赶中，不再
遥不可及，高不可攀
早晨、中午和黄昏
于此往返上班途中的我
一个故乡长满高山的人
时常忍不住驻足眺望
远离地面的摩天大厦
吊篮高悬，空中飞人
片刻不停榨取光阴
保持沉默，如此忘我

一种与众隔绝的生活

慰藉着我的魂灵，仿佛

雏鸟缓缓啄开命运那夹生的壳

（原载《骏马》2024 年第 2 期）

挽　歌

人　邻

最后的冬夜，寻常几个电话，

远，或近，亲人，亦有友人，

还有的，无声，但是怀念。

之后，简单洗沐，这人世的清水啊——

依着床灯，读一本书的最后几页。

这是冬夜，终于下雪了。

漫天的大雪，愈下愈大，愈下愈大，

而那一片黑苍苍、白茫茫里，

我已浑然不觉，

宁静，怡然，透明了一样。

（原载《诗林》2024 年第 2 期）

杯酒不释

荣　荣

几杯酒往往喝成媒介，比如一件事与另一件的
混搭，比如他与她终被模糊的分歧。

现在是一座桥梁，他扛着一整个世界，
走向她，有明显的趔趄和上头。

而她正随着又一波酒水逐流，
想象着一群娃娃在月亮里认亲。

美好是一个气泡，明灭在时间之河上，
那里有面目全非的当下或明天。

此刻，他们彼此模糊又举棋不定，
互为放不下的杯中那虚幻之脸。

（原载《扬子江诗刊》2024 年第 4 期）

沙，沙雕

沈　苇

每一粒沙都有自己的方向
与阵阵狂风擦肩而过
——狂风还会凯旋！
一粒沙，为我打开一个芥子世界

这，几乎是我可以汲取的源泉了

集体的沙爱上了劳役和苦作

沙粒众多，如死去的蝼蚁

呼告只是寂灭的代词

——如虚空，为雕像赋形

沙雕，像巴别塔一样建起来了

取消方言、差异和地方性

远看去，沙雕挤满可视的空间

好像时间也已不在场

但它，仍小于一粒恒河之沙

一粒撒哈拉和塔里木之沙

因为在偶像的根基处

沙乡粉丝的寡食性依然我行我素

——沙，掏空了沙

沙，像幽泉，汩汩流失……

（原载《西部》2024 年第 4 期）

在波尔多的一个酒庄

沈浩波

主人在向我们介绍

他家酿的梅洛红酒

他是个基督徒

他说葡萄酒是耶稣的血

这时我听到窗外

漫山遍野的葡萄树

举起干枯的手，齐声唱道：

不，是我们的血

（原载《青海湖》2024 年第 8 期）

冬日午后

桑　克

午后并不安静，
黑乌鸦扯着嗓子乱喊；
俯冲的汽车通过摇晃地面
而使楼群颤动。

震落的雪粉
仿佛又一次下的新雪，
而且在风的吹拂下
显得更加逼真。

从更高的楼层望去，
各色建筑的脑瓜顶，
全都蒙着白雪块，
仿佛不规则的发面饼。

伊维尔是电话机，
造型古怪，谁也打不进去，
不是占线就是空号，
谁也不敢提真正的原因。

（原载《特区文学》2024 年第 1 期）

范蠡祠前

桑 子

植物是潮湿的火焰
火焰凿开一条
我们永不能到达的路
无论在哪儿
种子都将在土地里
获得重生的乐趣

农人捧着火焰
光如灵蛇在
有水的地方吐焰
我们在人世如蟪蛄
看着一场大火
每个人都来自未来

我们冲动且愚蠢
在幽暗的林间小道
谈论风的方向
并很快迷路
那一年清溪白石
雪长声唳鸣
落在今夜浅滩的卵石上

（原载《文学港》2024 年第 12 期）

游 隼

森 子

悬停，俯冲，拉起风
真理的洞口很窄，钻入钻出的小动物
转身就会爱上——暂停

更长的停顿在风的口哨声之后
在数学的眼里化整为零
比吃苹果还寂静

多走一步，经验的世界就会失灵
少行一步，钟表转圈的嘀嗒
更让人头蒙

周游世界不一定是向外看
翻一两本厨房用书也能通向元宇宙
你给洞口发电

真理如果能够收缩，就不劳烦谬误
膨胀游隼的花瓶
尖叫的气流压缩有机玻璃，你剪去了原声

（原载《诗歌月刊》2024 年第 5 期）

第一场秋雨

商 震

这场雨过后
就是秋天
那些声称为鲜花而活的动物
看到了即将退场的结局
蝉的噪声已不能穿破鲁缟

谁的命里都没有虚假繁荣
争一时之艳的花
却是命中注定的残破

河水正在逐渐清澈
荷花越来越洁白
天上的云也越来越洁白
追求洁白是我活着的动力

秋雨不是杀死蚊虫的毒药
仅是让蚊虫收敛爪牙

我喜欢这场秋雨
如果再能响几声炸雷
我会认为听到了
荡涤燥热与浮尘的号角

（原载《安徽文学》2024 年第 1 期）

空气论

哨 兵

河水整日都在入江口喧闹不停
那是洪湖和长江在荒野日常交谈
是自然在发声。一旦这种声音
高过对岸陌生人的呼唤和倦鸟与
幼兽的嬉戏，也淹没江船汽笛
和渔舟的轰鸣，我就会爱上流水
远胜于爱别的语言和声音。等到黄昏
红鲤和银鲫为了活着，结伴逆水
跳跃，反对自身，我还会爱
这个世界。我爱
那些底栖生物，在黑夜
以命相搏，只为换回一口空气

（原载《作品》2024 年第 1 期）

醉 秋

施施然

雨后的天空湿漉漉的
漆树将红叶撒了一地
在褪去蝉蜕般人群后环顾
空旷的四周，谁来与你分享
沱江的背影和引力？

这座城市，工厂在迁往郊外
田野升起了医院和儿童的乐园
当年在街头唱披头士的
半大男孩手持吉他，反复以
狂野歌喉叩门

你们在结着薄冰的公园里
听邓丽君，喝从家中
偷出的泸州老窖
脖子上系着鲜红的围巾
如今，灼灼的目光，与喘息
都和青春一起消散在雾里

踏着厚厚的落叶，你行走在
往事精雕细琢的瞬间
你并不在意那些告别但记忆
记忆，是一条忠实的狗
沿着微醺的惆怅一路寻回

（原载《山西文学》2024 年第 5 期）

刺　秦

石英杰

大雾散尽，群山环伺。图穷。匕见
我藏身于密林。深处的狮吼在孕育，我沉默以待
叶落。一落两千年，两千年太短
我的肉身是不是借自失踪的刺客？

密林外，易水一直等着重新辞别

风萧萧兮。我一次次渡河

已经连续渡了两千年

踏水而还，我已失声

太子死后，无人送我

我往返于燕秦之间

刺秦，替谁刺，刺谁？

密林到河边只有十步

月残，隔着易水，灯一盏一盏灭

磨损的卵石不断暴露出来

刺河水。刺芦苇。刺虚无的时间

故国，它们训练我的技艺和胆量

但我在天意中一次次失手，在失手中已反反复复刺了两千年

（载《诗刊》2024 年第 5 期）

成都自然博物馆

石　莹

要怎样，我们才能在一片

桫椤林中隐身？

躲开剑齿象巨大的骨骼和脚印

一条河流隐身地心才避让开历史的风雨

在更迭的淘洗中

沉淀为化石——我们跟随海百合

在水底漫游，又从远处钻出

这冒险的旅途

给成都平原填上了奇幻色彩。你赠我一双

麝凤蝶的复眼，但也许

这好眼力

不忍心破坏—具蛇颈龙化石的完整性

大自然的画家最擅长泼墨——

浓淡、层叠、复加

萤石的光芒呼应猛犸象的吼声，在岩石上碎裂

土地裸露出

时间的创口

将千万座大椽一样的峰峦和矿脉，质押给

古老而神秘的平原

龙的文身铺满沉积的沙洲

在这里。只有儿童的追问探入纸张

牵扯出一椽

光阴的秤杆，才能称量

这"华夏之最"

（原载《草堂》2024 年第 3 卷）

岩壁上的挽留

舒　洁

我更倾向于他是一个牧羊少年

以石杵为笔，在砧子山岩壁

一点一点刻下他的寂寞和时间

我想象他的神情，他在石壁上刻一下

朝达里诺尔方向望一眼

遍地苍茫唯有牛羊

他留下符号

人，马匹，骑在马背上的武士

被今天的我们阅读为口信

这穿越了漫长时间的相约

在岩壁上凝为一瞬

那真是伴着牧歌诞生的

甩尾的白骏马发出嘶鸣

我们攀缘而上，向光阴中的少年接近

接近他的欢乐感伤，也就

接近了没有被笔墨记述的年代

在如此的挽留中

少年的姐姐在达里诺尔南岸呼唤弟弟

一架勒勒车载着她的嫁妆

少年没有忘记这个日子

少年歌唱，少年在岩壁上

刻下属于他的

爱的边疆

（原载《民族文学》2024 年第 1 期）

取　水

宋　琳

井还在，但人所依赖的琼浆已变质，

我们喝苍山的水。在覆盆子和铁角蕨的叶子下

黑龙溪、梅溪、桃溪汩汩流动，

林子里，白腹锦鸡走着，像一位公主。

传说无为寺的山泉能治瘟疫，
拎着桶前来排队的人络绎不绝。
鸽子如斋饭后的胖僧，挨在一起，惺惺着，
几只兔子神情诡秘，似乎夜里真会出来捣药。

瀑布更细了而白石溪里的石头既多且圆，
傍晚，一个农管模样的人跳过乱石滩到对岸去。
我们在山上看到蜂箱，下山取水时
又巧遇养蜂人，并带回了那意外的赠礼。

（原载《作家》2024 年第 9 期）

寻找一位草原上的诗人

宋晓杰

你迷失在我的十九岁
显然，你也在同样的年纪
丢失了我，暂时或永久……
土默特左旗，我的舌头需要顿三下
中间一个干脆的爆破音
才能使你的出处，格外郑重
当然，那儿也是你的去处
如格桑花，或三叶草
你隐于寥廓的人烟
瘦小、机灵，你一定在深草中
秘密穿行。否则——

三十五年了，我多次想象与你

重逢的场面……关于你

我写过散文，也许，是小说

见到二字重名，妹妹！我依然心动过速

——书上说，我们都是要失散的人

只不过，十九岁不知道

它存在的多种可能，相当于盲盒……

如今，再也不用寻找了：

我分饰两个角色

自导自演，信以为真

（原载《山花》2024 年第 5 期）

草原秋色

苏　黎

初秋，滩上的青草绿中泛黄

还要黄下去，一直黄成金色

一群黑牦牛和一群白羊混在一起吃草

我极目远望，数十里内没有一个牧人

辽阔的天域里，只有一只鹰在盘旋

马莲花是房，青草为床

格桑花的金樽斟满秋阳

我心里纵使有再多的曲径幽巷

在这金色的草滩上，也会被朗照

在这里，你想做什么都可以

可以做一个王，也可以做一个牧人
我只想做一只长着弯弯角的绵羊
吃百花百草，喝玉龙山的泉水
然后静静卧在草地上，慢慢反刍

（原载《星火》2024 年第 4 期）

小场景

苏历铭

这些年来
脑海里经常浮现童年的一幅画面
父亲骑着自行车，载着我
前往城西的旷野
那天雨后天晴，清透的天边
燃烧着一朵朵火烧云
把天地之间的稻田
映照成一篇童话

土路的坑洼把我的屁股
颠得一阵阵地痛
我却不敢分神
从来没有见过绝美的场景
生怕一眨眼，美景消失
重新回到贫瘠的生活

半生已去，算是见多识广
却再也没有遇见震撼心灵的场面

我开始怀疑
那个场景本不存在，不过是
童年做过的一个梦

（原载《诗刊》2024 年第 8 期）

蜕皮颂

孙启放

眼镜蛇每蜕皮一次
目光便毒辣一分。
蝉修炼声线
空掉的身体恍如一道悬念。

巨型眼镜蛇可以杀死一匹马
却吞不下一匹马；
蝉声酷烈
骄阳的盛夏在午后陷入了沉睡。

从下颌开始，眼镜蛇
撕扯掉的皮肤
让位于新的更深刻的皮肤。
而它本身像一条绞索
在小动物被麻痹的颤抖中死死收紧。

日复一日，留下一个轮廓的
功力渐深的蝉
是否为不可变的声调而日渐难堪？

（原载《草堂》2024 年第 9 卷）

纳博科夫的蝴蝶

孙文波

蝴蝶是精灵。这用不着我说。
我要说的是它等同于美丽。是美丽的
代名词。一只蝴蝶不是一万只
蝴蝶。一只蝴蝶，只是一种特别的美丽。
尤其它在花丛中飞舞，展开薄翅，
复杂的花纹闪现。或者，它停在花蕊上。
对它的凝视，几乎比凝视本身
更让人心惊。联想产生，仿佛对美必须再次
定义。就此，关于纳博科夫，
他对蝴蝶的研究，就不是简单的爱好，
不是变态带来的痴迷。是不断接近美。
他接近了？目睹他的蝴蝶标本，
成千上万类别，只能说是对美的收藏。
让美，凝固在一瞬。或许不是凝固，而是一次
注视一次再现。他让蝴蝶有了琥珀的质地。
有人说，他喜欢蝴蝶在花丛中的飞舞。
我也是。几十年了，无数次，走在任何地方，
只要看到蝴蝶，我都会停下脚步静静地观看。
它飞舞时闪过的残影，它停栖后的静止。
都是美。这是不是说，
对蝴蝶的赞美，成百上千遍都不会过分。
没有蝴蝶，夏天，可能不是夏天。
就像没有太阳，天空能叫天空吗？

（原载《扬子江诗刊》2024 年第 2 期）

千手观音

孙晓杰

晨光是母亲的第一双手

明亮，温暖，散发出惺忪而甜蜜的气息

更多的光束，仿佛从母亲忙碌的心中

喷薄而出：生火，做饭……

每一颗米粒都像是从母亲的指尖

滑落的珍珠

为围拢的一堆孩子：穿衣，梳头……

每一根篦齿也像是母亲慈爱的手指

种田：十只手犁地，播种，收割……

做工：十只手抽丝，纺纱，织布……

在早春的野地，挖紫根荠菜

四月摘榆钱，五月采槐花

在苦味的清香里：缝补，浆洗

一扇窗，明净着母亲风轻云淡的手

一片瓦，潮湿着母亲遮风挡雨的手

把一分钱掰成两半花

母亲生出一百只手

油灯下，母亲的手，昏黄而疲惫

一根针，是母亲纤细的手

连缀衣衫的线，是母亲绵软的手

而在深夜，母亲又伸出月光的手

为我们披好被角，拭去眼角闪烁的泪痕……

儿女远走高飞了

又用牵挂的手，一字字，写万里家书

至终年，如我归来的那个冬日，一棵树

用颤抖的手，扫人间飞雪……

天下的母亲啊
都是千手观音
我的母亲，因为爱我
是一千零一只手的观音

（原载《青年作家》2024 年第 2 期）

身体发明术

沙显彤

绷紧呼吸，上发条，窗外的事物
在计时的旋转中，褪下外壳与骨架
现在，你拥有着被圆木
补全的躯干，被雨点雕刻的头颅
以及蝴蝶栖落，所诞生的指尖

你轻盈或沉重地，坐在原处
借此观察，芦苇丛垮塌的轮廓
与核桃内部，不间断的开裂声
那些溢出的背影与缄默。直到接近真相
你用目光，戕伐纷飞的木屑，取消了
毛孔与肌肤，也取消听觉

你仍想借着漫长的空无
取回一具身体，它没有边缘
无法触碰，伴随着你的徘徊，眺望
一次次被印证，在空椅子上
在一面墙前，认领光与微小的翕动

（原载《特区文学》2024 年第 7 期）

混成了这模样

汤养宗

"从要变成连自己也不认得的程度
到自己也不敢认领的摧毁"
——你怎么混成了这模样？
多年后，一只土拨鼠见到了另一只土拨鼠
才知所有游丝般的空气都是刀刃
开头只想挖一个洞，后来却串成了
十个穴，从这头进去的
本来是穿山甲，出来时变成了鸭嘴兽
众多虚实莫辨的构成中
你天命难违，吃了时光里最可口的迷幻药

（原载《山花》2024 年第 8 期）

轻轻的敲门声

唐　欣

住单身宿舍的时候　经常
盼望着有人敲门　清脆的
两下　肯定是朋友　有时
干脆门一推　就进来了
猛烈急促的大声　多是
保卫干事或后勤的师傅
一般都没有好事　有一次
似乎是　有轻轻的敲门声

不敢确定　这简直是要考验

我的听力了　幸好那会儿

我的神经末梢还挺灵的

打开门　原来竟是女朋友

过去都是我去找她　这是她

第一次来找我　真是惊喜

后来　她果真成了我的妻子

（原载《诗潮》2024 年第 9 期）

在海边

唐　允

树下，旧轮胎一脸紧张，

阴影越过它，在大海隐没。星辰出现

甜蜜的星星和糖浆一样浓稠的海水

总会进入一个人的生命

在柏油路尽头

时间无情地铺满沙丘

我的每个时期、遇到的每一个人

在这里都有所回应。

这一切，也许是种解脱

像躺在女人身边。这时，

我想起海妖的传说

多少理解第一个讲这故事的人。

他的故事是这样的——

"我逃出来了。在海边，坐下
从伤口生出一点渴望。
海妖出现了，女的，不同于任何一种
我所知的女性，这绝非偶然……
我抓住了她。她鱼一样滑腻的身子
并不好看，也不性感，有一刻
让我想笑。她变成每一个
我认识的女人，模仿她们的声音、
扭动灵活的鱼尾求爱。
我不为所动，将她绑在树上。
她眼中的爱意如此深邃，好像绳索
是她的一部分
树也是她的一部分
沙子，海水，星星，都向她涌去
因此她消失了。我满心惊骇
继而懊悔，独自走向附近的小城，
消失在默默无闻的人群。"

（原载《广西文学》2024 年第 7 期）

龙泉驿

凸 凹

随着马啸走远
又折回的，是一截木板
初恋的回忆。从古驿胸旁伸出去的两条驿道
像两条曲线优美的手臂；大面铺是其中一个掌

山泉铺是另一个掌。它们
把成都东面的泥土、云絮和庄稼
紧紧箍成一个走进《辞海》的词条

鸟儿在龙泉山东坡晒太阳
西坡入梦乡
上山看望桃花的人，红颜在内心涌动
南有梨乡柏合，北有客家洛带
往西、往南，一个地名
抄袭十座古陵

外边的人都是打马的：不说话，分开风声赶路
妈妈的奶头是他们的一个家呵——唱着
"好男儿志在四方"的歌谣
听花儿的粉拳把马鞭轻轻捶打，听
一朵一朵的花蕾慢慢张开
铁血在舒缓、温化和补钙

——驿！驿！移动的故乡，一张万里寻亲的温床

（原载《草堂》2024 年第 3 卷）

河　流
王计兵

我的人生是一条河流
当我明白了这一点
祖辈血泪

和父辈汗水的腥咸
早已形成大地
星罗棋布的泉眼
形成一条条河流的源头
谁的河流没有一声呐喊
像浪花的回眸

真正的河流
从不是一马平川
像黄河的九曲十八弯
像长江的数千条支流
河流从不抱怨大地
蜿蜒有蜿蜒的澎湃
垂直有垂直的滂沱
是河流就会怀着最柔软的心
和绝不回头的勇敢

谁能用歌唱锁住水
用刀剑征服水。让我着迷的
不是河海江湖的大
不是雨露霜雪的小
而是水，亘古不变的本质
容纳并引领我
在祖国的疆域上奔涌
纵然一寸一寸渗入大地的河床
那长河入海的壮阔里
也带着我的潮湿
和我忠贞不渝的一生

（原载《扬子江诗刊》2024 年第 6 期）

成人教育

王单单

送儿子上学的路上，必须经过

山海湾——昆明最贵的楼盘

门口站着无数临时工

等待雇主来挑选

以前这儿尚未开发

他们站在荒地上

就像待在自己家村口

现在他们满面风尘

站在精致的城市里

像一些无家可归的流浪者

我对儿子说

你如果不努力

以后就是他们中的一员

儿子回答：

"他们已经很努力了

不然谁会那么早

站在寒风里"

（原载《文学港》2024 年第 11 期）

雨　夜

王　妃

细雨温润

中国 2024 年度诗歌精选

潮湿的夜因细密的雨声而

尤显宁静

多好啊，喧嚣市声的尖锐

在小雨持续浸泡下

柔软起来

此时，即使婴孩突兀地啼哭

也将获得原谅

（原载《长江丛刊》2024 年第 12 期）

万考母亲之歌

王夫刚

甘南诗人把万考母亲称为隐居乡间的

牛粪艺术家和扎尕那女神——

这并非神来之笔，而是朴素生活

得到了朴素情感的朴素记录

新鲜牛粪粘着透明的阳光摔在

万考家的石头墙上，跟行为艺术无关

跟点赞打赏无关：我们喜欢鲜花

并把鲜花插在牛粪上，讥讽

不喜欢的事物；万考的母亲

可不高兴这么做，她知道哪一坨牛粪

来自哪一头牦牛的胃，来自

哪一片草原，哪一阵风吹草动

她知道哪一坨牛粪将消失于

哪一个高原雪夜；哪一坨牛粪

将煮熟哪一壶奶茶——万考骑着仿金马鞍

患上了镶金的焦虑症；万考母亲

做过很多梦，每一个载重的

梦里，都有干牛粪熊熊燃烧

都有一个梦境出售者带着买一赠一的积雪

路过星空下的冬牧场：万考

我们祝你给母亲带来镶金的消息

（原载《人民文学》2024 年第 11 期）

火车，火车

王可田

穿上红裙子嫁给远方的少女火车

打着响鼻脾气暴烈的黑马火车

从夜色和梦境边缘一闪而过的幽灵火车

哪一个才是你呢

"美丽的火车，孤独的火车？"*

梦想剧场，沙盘停电的玩具火车

联想集团，运送灵感矿石的星际火车

星空传媒，一颗流星打出的广告语火车

想到哪里去呢

吹口哨的火车，被梦挟持的火车？

*引自土耳其作家贾希特·塔朗吉《火车》一诗。

（原载《扬子江诗刊》2024 年第 1 期）

中国 2024 年度诗歌精选

乌云录

王珊珊

乌云狂奔着过来了
像只豹子，试图在天空插队
它站在太阳前面
故意遮住一丝丝橘色光线
翻涌着，吞噬它们
天空被上了一把锁
阴郁笼罩，不允许掺杂任何
别的色彩。天暗了
我们不知这善变的乌云会选择
哪个时间暴哭一场
于是地上的人忙着收拾——
簸箕里的谷子，竹竿上的衣物

（原载《西部》2024 年第 2 期）

独居乡间的母亲

王明法

夕阳下我回到老屋
母亲一个人站在场院中央
一张方杌空着
一碗菜粥端在手上
世界那么大
母亲那么小，那么小

几十平方米的院落

一下子扩张成无限：

一望无际的大海

岛礁一般的母亲；

浩瀚幽深的夜空

星子般明灭的母亲；

空洞而阒寂的沙漠

孤树状站立的母亲……

母亲端着粥碗

站在身前身后的惊涛骇浪里

秋日长天如水清澈

无患子的树叶就要变黄

（原载《钟山》2024 年第 4 期）

春风与旷野

温经天

鸢尾花擦拭空气的湿——

玻璃房子外，青草的队列参差

它们的关系像某种怀念

一只脚走进玻璃房子，另一只迟留不前

人间真义被一只草帽遮蔽

他仰面朝天酣睡

他的狗来回踢踏草地，虫儿飞

人间若无真义，定不见昨夜

星辰失聪，旷野失去扶手

大地上，列车摇晃

醉酒的男人和女人隔着风中的湿玻璃

彼此呼喊，无息又无声

（原载《诗词》报2024年第5期）

他说，温馨，给我写首诗呗

温　馨

狭窄、黑暗的孔洞

紧贴着矿石地面，他甘愿一路把自己放低

叮叮当当，锤声，沉稳闷响，反复回旋着

仿佛隔得很远

仿佛他去的是另一个空间

在那里——堵上了

尘世的漏洞

爬出了孔洞

他的安全帽、脸、工作服、劳保鞋

仍不停地滴着油，混合了粉尘和汗水的油污

是形而下的

我和同事哈哈大笑起来

笑他只露出两个眼睛，像熊猫

戏谑他内裤湿透了

说他晚上朝路边一站，像行走的黑树

他的腿开始发软，往地下滑
地上，清晰地印出了一个人形
他看了看我，指了指自己和人形
说，温馨，给我写首诗呗

（原载《扬子江诗刊》2024 年第 6 期）

下班途中遇年长的环卫女工

吴春山

下班途中，遇年长的环卫女工
坐街角彩票站门店前，小憩。凭直觉
我几乎能感觉到她的
拘谨、厄困、忍耐，像一片率先枯黄的树叶
羞怯于枝叶间。莫名滋生出
一种想法，任天空忽降大雪，让雪
去清洁剩余的街巷。她不同于
夕光中的彩票站，三两个，组装数字的人
试图依靠数列来改变命运
也不同于某个用沉默反对喧嚣的他者
去相信，乌鸦的预言是世界将丢失白昼
她活得小心翼翼，仿佛只有时间，在替她冒险

（原载《星星·诗歌原创》2024 年第 10 期）

又做梦了

吴　悯

又做梦了。这回是掉进了深井
无力，无助，无望，无奈，再加无所适从
黑洞洞的，没有一个支点可以抓拿

幸好听见了水声，我醒了。是楼上的邻居在拧水管
她拯救了我。这一刻，我听见，我的心脏扑通得比鼓点还响
我写下这首诗，它是颤抖之诗。在深井的底部颤抖

（原载《山西文学》2024 年第 4 期）

重　建

吴少东

人进中年后懒得去争论
不争是由夏入秋的症候
繁茂之后落叶纷飞
是正常的
孤枝间有大空间

急湍舀入木桶
安静映照云天
也是正常的
漩涡与泡沫都在桶底
一桶水的重正在于此

"融化到此为止。"

要牢记农历的教诲

浮动的碎冰与满地落叶

没什么两样,力道

没有消失,重建没有停滞

(原载《大家》2024 年第 4 期)

立春日

吴素贞

手术后,母亲无法六十度弯腰

离土地距离变远

常常让她心慌。锄头的手柄

要扶得更高

种菜苗,必须跪在地面

而倒春寒会像一把扳手,不断撬动

她脊柱上的螺丝与铁片

所以母亲

有酸痛如寒流,村里的夜

特别漫长

九十岁的叔公又熬过一个冬天

他露出无牙的微笑

在老宅的院墙冲我比画:一顿

还能一碗米饭

至今未阳。立春日

我在村子转了一圈

有蛛网若干,苦楝子被雀鸟吞食一半

无人采摘的柚子
滚入池塘，在春水中沉浮
苍山村，有人因为春又多活一年
有人因为春，暗疾舒醒
隐痛如跑马
有人依旧巡山，看水，谋划着
新一年大地的黄金

（原载《草堂》2024 年第 6 卷）

好像什么也没有发生

西　川

每个人的时间都在缩短：
衰老。疾病。一天不等于另一天。
我和别人吵了一架，在街上，
但好像什么也没有发生。

好像阳光不是直直地照射，
好像远处的叫喊只是幻觉，
好像风声只有和尚能听到，
好像什么也没有发生。

手凉脚凉时，坚持余温即是大事。
错愕也等闲，糊涂也等闲，
我和自己吵了一架，无人看见，
好像什么也没有发生。

（原载《花城》2024 年第 4 期）

母 语

熊 焱

我出生地的方言是我真正的母语
我的第一声啼哭是她高枝上的蝉鸣
带着空气的战栗。我第一次呼喊"妈妈"
是她血液中带着母乳味的回音

我第一次学会歌唱，是它满坡的花蕾打开骨朵
一瓣一瓣地，吐纳着丹田里的气息

我第一次尖叫，第一次大吼
第一次把零星的字词拼接成句子

我的声调中有转弯的溪流、屋头上跳跃的喜鹊
肺活量中松涛滚动，犹如天际的雷鸣
群山绵延，沟渠起落，共同构成了我声带中的地理

后来我写诗，把出生地的方言
内化成字典中的汉字。我写下岁月峥嵘
乡亲们穿过冰雪取柴，要把炉火上的瓮烧沸
我写下布谷声远，母亲躬耕的身子
与油菜田构成一道锐角的阴影
而进城的民工无栖身之地，我在诗中
借路边的霓虹抚慰他们梦中的孤寂
辗转半生，我在万水千山间
邂逅形形色色的语音。我终于明白了
诗，已成为我灵魂中的母语
就像我铭记着方言中永恒的发音

一半是爱，另一半是良心

（原载《福建文学》2024 年第 11 期）

迷恋故土

熊游坤

辣出特色，重庆就有了偏执的情绪

巴人的情绪，催得开牡丹花

也推得出石磨豆花

我乘渡轮，上跨河大桥

看风吹软一江水

猜想有一群老人住在半山

那幅《最后的晚餐》，挂在木屋的墙壁上

阳光正照耀天宝寨的矮山，偶尔

有人登山，在屋前停留的片刻

风慢，水慢

我是突兀的一笔。在田格与栅栏里

采集自然光线，东印茶山皂香，苎麻，乌梅和糯米

辗转于山地、丘陵、平原之间的矿藏资源

在地下绵延，蚂蚁也许只是甬道的短期租客

这里的冬天将山水的情绪轻轻压制

再多一点云雾，贯穿四方的高铁就要急了

再多一点雨，壮年隐忍的江水要奔腾了

再多一季风，随处可见的瓜果要落了

（原载《绿风》2024 年第 5 期）

海边的旧楼

小　西

每次路过那栋旧楼
都感觉充满了荒寂、悲伤
这一次我终于明白
悲伤的不是它
而是看守旧楼的老人
他每日站在锈迹斑斑的栏杆前
看着海水朝自己不断涌来
那是一种庞大亘古的事物
对渺小个体的磨损

（原载《人民文学》2024 年第 1 期）

花旦——致张执浩

小　引

如果花旦开口说话
第一句话会说："张执浩，你在干吗？"
当然了，这仅仅是我的猜测。也可能
花旦说的是另外一句：
"门口的树叶被风刮起来，像鞋子。"
作为一条狗，它小心翼翼地
保守着秘密——这取决于
天气、灯光以及书桌上
翻开的一本诗集

更微妙的是，我们或许都没想过
比如 2017 年的冬天
下着很大的雪
如果花旦会说话，老张，你想过没有
它的最后一句话到底是呜咽还是哀求

（原载《诗歌月刊》2024 年第 8 期）

公元六世纪

谢　君

只需要一场古典的秋雨，瘦骨嶙峋的木船就
很乐意地在水上行走了。通过一次次的划动，
一支木浆正将缺席的编年史——被驱逐者的
秘密，郁郁寡欢的嘀咕，掉在书信里的
眼泪——写入沉闷的波浪。千百年来如此，
现在也是如此。从建康到江陵，
旅程中的任何一段都是沮丧和不安，
而长江的格局依旧是二千里的波澜。
打探世俗事务的消息，只能徒增
无益的悲伤。长啸也无用，也没
一个幽灵跑来倾听。就像秋日的到来
注定了两岸紫红色的破碎，掉落，
凡是生命所宝贵的存在都在朝向一个
无奈的静止切换——女人的织机静了，
办公室人声静了，简牍与公章静了，
一个时代静了。当一只乌鸦从一棵
爬满伤疤的树上像从魔术师的帽子里

飞出，一声孤零的乌啼后，
二十到五十岁的人生突然也静了。
纠缠不清的是哗啦声。就像一个复仇者，
孤独也正通过融入波浪的尾迹以与
船只同行。船舱内，一个身影在微黄的
灯火中升起，打开一瓶酒，然后
与无形的漂泊相对而坐。漂泊是一种
很不稳定的东西，它大多发生在人生
或者人类历史上一个很不稳定的时间。

（原载《诗刊》2024 年第 2 期）

山　野

谢　冕

啄木鸟敲打着春天的音响
百合的号角吹醒冬日的噩梦
山野上的桃花怒放了
春涨的绿波涌上田塍
夜空上的星星装饰了梦的繁荣
问今夜花落几许
让骄阳抚拭枯草的伤痕
听一曲燕子迎春的歌吧

（原载诗集《以诗为梦》，漓江出版社 2024 年 2 月）

打工人合成地平线

谢湘南

深圳的地平线并不全在地表
很多时候它延伸至地下
早晨八点的地铁
那涌动的脚步与人头
合成地平线潮水般的律动
在多条地铁线交会的站点
——车公庙、岗厦北、深圳北、布吉
地平线扭结起来又分散开去
密集的身体画出的线条
鳗鱼一样，带着光
——条形码的交响乐
每天将城市演奏，如此绵长

在地平线与天际线之间
平流层被一座座楼宇充满
打工人穿梭其中，肉身轻脆

（原载《特区文学》2024 年第 6 期）

夜读《刀锋》

辛泊平

一个人要走多远，才可以停下来
和丢失的自我再次相遇？

一个人要见过多少生死，才可以让微笑
成为面对人世的唯一面容？

迎着刀锋，灵魂是否也会陡峭如悬崖
容不得尘世的油腻与苟且？

一个人置身旷野，看星空下的远方
是否可以看到另一条地平线？

花开花谢，草绿草黄
你究竟听到了什么、看到了什么？

一个人要活多久，才可以走出沉重的肉身
融入草木沉默的轮回？

（原载《西部》2024年第3期）

黎滩河畔

徐琳婕

怀抱一颗古旧之心
与一条河的相认，一生
也许就这么一次
见我们走来，它没有后退之势
哗哗地——仿佛有用不完的热情
偶尔与新丰桥，保持相似的沉默
多数时，明亮欢快
当我们靠近，一点点推开

横亘其中的速度与深度

涌动的波浪将我松散的身体

一再对折又打开

蹲坐在河边，把一颗颗石子投入其中

溅起的水花很快被流动淹没

生活的疲累在如此往复中渐渐卸去

仰望或低头。坐守水中的日落与晚霞

起身，自不必带走什么

心中的石块已被冲刷得无比柔软

（原载《星火》2024 年第 6 期）

瓦屋山记事

许天伦

我喜欢保持这样独自沉想的方式

而与整座大山相比，我是个

学会了走动的形容词

我形容过的松鼠和水杉

已在松子裂开的黄昏里不知去向

它们要比我更了解一个秋天

比如那跌宕的山道，比如

那悬于山道上方的火烧云

我还要试图形容更多：枯叶、泥土、木屋子……

一只卷尾鸟栖于枝头，它在

一种虚拟与现实的重构里

轻声鸣叫。我惊异于它拥有

飞行时对天空的冥想力。而就在它

张开翅膀准备起飞之前，那满山的蝉声
都会集体保持静默

（原载《文学港》2024 年第 6 期）

杀鱼的人

向　迅

他沾满血污的双手，从未被清洗干净
他肮脏围裙上失去光泽的鱼鳞
从未被认真打扫。他面无表情地
站在那儿，熟练地操作着手中的利刃
没有一条鱼可以从那块血迹斑斑的
案板上侥幸逃离。隔着装满鱼的水箱
隔着菜市场的喧嚣，我在心里骂他刽子手
骂他每天干着杀鱼取卵的蠢事
可是我刚刚付过了一条鱼的钱
我在等他的女儿把杀好的鱼递给我

（原载《四川文学》2024 年第 3 期）

空山遇针记

阎　安

住在偏远的地方也好着呢
好大的雪

连鸟和老鼠都深藏不露

去世多年的母亲

遗落在墙角的针

露出了闪闪发光的自己

（原载《作家》2024 年第 8 期）

有时候地球会转慢一点

燕　七

站在雨中张望的人

被雨水淋湿

他们的心

也曾棉花一样洁白柔软吧

有时候地球

会转动得慢一点点

等着伤透心的人

重新爱上这个世界

（原载《中国作家》2024 年第 8 期）

别昭通——致 Jenny、小宇宇、荣、二哥、小曹诸友

杨碧薇

我在这里获得过彻底的爱

当然，还有不彻底的恨

荒原、积雪和眼泪

但在彻底的面前，不彻底只会是也终将是

生命盛宴上

一道小巧的清炒苦瓜，一盅

暂时替代美酒的雷公根

亲爱的，无人能说清楚

我们旧时光深处的故乡去了哪儿

所幸有你们

构成了我对这片土地完整的理解

歌唱与信念

（原载《广西文学》2024 年第 9 期）

枯枝说

杨　角

我是老槐树上

最接近枯去那一枝

朝天长，朝地长，横着长

都出自我的意愿

在这之前，风雨雷电都劝说过了

以失败告终

告诉你吧：能改变我的

不是真理和你所说的真理

除了时间

（原载《草堂》2024 年第 9 卷）

月亮升起来了

杨　昭

天渐渐褪色，在一张旧照片里
你走在我前面，我努力辨别你的足音

后来你放慢了脚步，并转过身来

我们呵护着一个好不容易才找到的话题
像呵护容易熄灭的火苗
我们谈着虫鸣，谈着篝火
谈着故乡水果的甜
其实这些都不是我们想谈的

但我们的交谈使月亮升了起来

（原载《滇池》2024 年第 5 期）

焉支山

杨献平

留下来就好了，在青草中做一只虫子
在匈奴的旧马蹄上面
用松树，修道家的房子和篱笆
用远处积雪
煮灵魂饮茶。当年八月的焉支山上
我一路念叨胭脂花

其实是红蓝，这种植物大抵还有
在乱草与荆棘丛里
依旧保持游牧。阵雨无中生有
一大片乌云，被蓝空驱逐
包围了我，仅仅那一天暮晚的天地之心

（原载《草堂》2024 年第 11 卷）

南方故事

杨庆祥

我喝醉过。讲过乱七八糟的
话。我迷过路，在一条小道
上徘徊。我用蹩脚
的方言说笑。我放浪形骸。
在一次一次旅途。

只有这一次我安静、认真。我
斟酌每一个词。我说：异邦
我说：母国。我说：Singapore
一个元音在哽咽中爆破。

原来可以这么干净。原来可以
锻造海水的甜。当我打开
泪的阀门，请你饮我如饮一串
漂泊的梦。

词根是腰和臀。元音是暗疾。

我这么安静地在
黑夜里看雨。你在另一个房间。
是的。这是我的南方故事，在短路
的电流里你发来问候的信息。

（原载《芳草》2024 年第 3 期）

书卷气依然年少青翠

叶延滨

一念之喜，一页之忧
如花开迎风，如鸟鸣在树
居然成行地站在书页里
居然也成列地坚守书橱中
岁月变成了积尘
积尘说你也老了
只有书页中站立的诗行
依然年少青翠如春草
好个书卷气

半生渐化为梦境
谁说如烟朦胧，如云无影
居然不散形骸地站立
居然尾随大匠圣贤
与之为伍，排列成册
念出来书橱站立的名字
养我每日浩然之气
呜呼，莫小看芸芸草木
草木修行，也能变纸，还能成书

书载千古春秋事
也载凡人心底梦

划燃火柴的手指在颤抖
那些站立的书一动不动

（原载《草堂》2024 年第 4 卷）

年轻的港口

叶玉琳

如你所见，大地安放不下的
最终被海水运送
震耳欲聋的清晨
塔吊和滚装船以大海为背景
寻找新的航程
年轻的港口，除了吞吐星星和鱼群
此时源源不断地输出
汽车、镍钢和铜
跳着圆舞曲周游世界
这庞大的事物，我爱它们
千锤百炼，无从模仿
更不会被牵绊。在此之前
我爱年轻的小城和它的异乡人
整个秋天，他们
从滚烫的钢花和奔流的铁流
提炼出比水更柔软的水
比铁石更坚韧的铁石

（原载《草堂》2024 年第 9 卷）

倾听者

叶德庆

我不是农民，是农民的倾听者
昏暗的灯光下，或者晨曦刚刚渗透
到门缝中，吱扭吱扭的声音
推上和拉开的节奏是不一样的
仿佛黑夜和黎明的咏叹调。冬天和夏天
门板转动的摩擦声也是不一样的
蟋蟀在木门后的叫声急促
在田野中，声音天籁般轻柔
我倾听，这些不知疲倦的生命
在一座安静的寨子里
许多事物是用象声词去完成的
牛蹄声，羊铃声，草木生长的声音
作为一个倾听者，我有必要
分辨万物的弱冠与而立

（原载《延河》2024 年第 11 期）

在十四楼

夜　鱼

一整天，母亲勉力支撑
虚胖的身躯
蚂蚁挪窝般踱着步子
在面积不到一百平米的区域里

颤巍巍晃动

她已耗尽所有的轻盈

剩下的涩重

要一点一点磨碎咽下去

请假回乡的保姆来电

话筒里一阵喧腾，听得出

"乡"依然保持着

古老的人间闹意

母亲露出艳羡的表情

开始搜索记忆

絮叨出一点故乡的零碎片段

边说边喘息

她的艰难，在我外出时

更甚，我也有类似情形

但我有流光十色来分解、冲淡

而她不能。没人陪伴

连楼都下不去

我蹲下身，揉着她浮肿的双腿

没话找话

坚持半小时后我也走开了

没办法，每个人的时间都有限

在落幕之前

要怎样才能把漫长的枯萎

熬成不随肉身腐朽的舍利

（原载《草堂》2024年第5卷）

大 雪

应文浩

滩地上坍塌的蒿草
彻底成了灰色
一丝枯黄不剩
此生全无复活的念头
像臣服者

河水越发清澈了
所有的渣渍置在案头

水中已容不得声音
一粒泡沫
皆有可能点破此境

天空已潜入河底
还有什么不可舍弃的呢
水里有我们的影子
站在滩头上枯草旁

（原载《诗刊》2024 年第 10 期）

回到那棵歌唱的树上

游 子

雷声为鼓

风雨为琴

我铿锵的歌声在时间的流水中搏击

回到那棵歌唱的树上

云朵，落日，信鸽，雪花

还有那弯月牙儿

都在歌唱

我们相互应和

互相致意

在静默中用心歌唱

我们的沉默振聋发聩

只有知音才能听得到这奇妙的歌声

可是疲惫的人儿啊

你为什么还要不停地奔袭

为什么还在我的树下

眼含热泪

（原载《百花》2024 年第 2 期）

便条集 1022
于　坚

永恒的西绪福斯

大地上到处都有

背着羊皮筏子或滚石

他不是哲学家　梭巴村的渔夫

那一天我们在拉萨河遇见

他说　兄弟　等哈　我

要把船放在河里

（原载《滇池》2024 年第 5 期）

旷野颂
于贵锋

与种在生命中的一些事物不一样。

但旷野有更宽阔的希望，亲情能长出温暖与爱。

也不管风多大，吹多久，星星会抵达天空，并不停闪烁。

不必经常赞颂。但偶尔的停顿，会闪条缝隙让光透进来。

或者从紫叶李、红瑞木、槐树的枝条，认出那天然的转换。

这是下午三点，阳光与风因彼此而更明亮。

这自言自语，前胸贴后背：可能不知道如何爱，

但不会放弃。转个弯，到终点的 9 路车，又站在了起点。

（原载《草堂》2024 年第 1 卷）

咏　物

余　怒

从书中我得知，
罗马人在鸽子的身上
洒上从花中提取的香水，
借助它的盘旋，使空气充满芬芳。

他们还在马的身上这么做。
马的激情，使芬芳四射，更为浓烈。

但没有东西可以帮助我：
芬芳、爽身粉、思考、行动。
清晨的光线明亮，但我的身上
没有任何东西醒来——或者乐意。

（原载《安徽文学》2024 年第 1 期）

还　愿

余笑忠

去年深秋，在中山公园见过豆梨树
它身上的树疤、它不起眼的果实
为此，我写过一首诗

今天，取过快递之后
特地又去看了那棵树

从它的簇簇新叶中，辨认

不起眼的小白花，稀疏的小白花

绕树三匝，不甘心于

自己已迟到，不甘心于

只是从醒目的树疤

记住这棵豆梨树

不甘心于树疤长久而花开有时

我希望那树疤只是例外，只是

这一棵豆梨树

这样，就不必纠结于

如果心灵是一棵树

被他人记住的是何物

这样，当繁花盛开之日

我一眼就能认出所到之处的豆梨树

像认出桃花、李花、杏花、梨花和樱花

（原载《诗歌月刊》2024 年第 11 期）

大奏鼓

余　退

要男扮女装，穿上蓝花布衫

才配得上渔家婆嫂的衰老

她已看不清梦中在暗礁间穿行

满载的渔船归航的布帆了

要在密集的鼓点里跳，脸上

涂抹厚厚的粉末，丑角般嬉笑

扭动粗壮的腰肢，才能骗过

岛屿间一浪高过一浪的苦难

如水族般，我来自幽深的海底

拥有雌雄同体的混合之身

渔网拖起比海沟更深的悲伤

这是我因惊惧而起的超度之舞

我赤足踩着残贝割脚的沙滩

我奏响从潮水中偷来的吹打乐

（原载《诗刊》2024 年第 2 期）

我在牛头山想起杜甫以后

雨　田

这里的一切并不陌生　　无边无际的春风

正在翻阅着往事　　涪江可以做证　有一个人

他曾经在古梓州流寓了一年零八个月的日日夜夜

是的　　他单薄的身板拉升了他消瘦的诗篇

泪水悬在天空　　不知道有多少个黑夜吞没他的悲伤

但没有什么可以阻挡他诗篇的灵魂如火如荼

作为人他是非常渺小的　　他生活的贫穷更为苦难

可他诗歌的魂却代表了一个时代的高度

他真的是痛苦中的强者　　历史与他相比

也只能是一段小小的插曲而已　　因为他高尚

我在牛头山站树下仰望天空时　内心又多了一些
悲欣的交集　是斑鸠的啼叫让这里的树木吐出了新芽

我在牛头山漫步时　不知为什么低下了头　难道
是这里的花朵在维护春天的尊严　还是我们的血肉
现实中的爱与恨　以及我自己的欢欣与忧伤正被分解

（原载《草堂》2024 年第 7 卷）

挑荠菜

育　邦

初冬，大地尽头，
为薄雾笼罩。
她们身着白色的衣裳，
在枯草间跳舞。
可跳不出——
妈妈的指缝。

她们是你的行星，妈妈。
她们是你飞来飞去的女儿。

妈妈挎着竹篮子，
沿坡地走上来。
到尘埃落不到的地方，
掏出双手。
白霜化为云朵。
农人的手真温暖啊！

我和弟弟，
认不出荠菜。
我们打闹、嬉笑。
学妈妈，去爱她们。
夕阳西下，我们
有点忧伤。
坚硬的大地上，
妈妈的影子，一点点
暗淡下去。

下雪前，我们
会认出荠菜。
可这么快就下雪了，
妈妈。我们
依旧两手空空。

（原载《人民文学》2024 年第 2 期）

不 朽

袁 磊

东湖边的行道树什么时候改变方位
磨山脚下的门楼多少年一次翻修
蛇山上的黄鹤楼等黄鹤能不能等来不朽
在行吟阁屈原像前朝拜，多少文人
走去又走回，在语词上垦荒、流亡、走失
浪费了多少荒蛮的气力与游丝。我在
乌篷船前听涛，体内的水声比自然的水声

更加激烈而澎湃，碰壁的清流的想象

也在虚拟波浪翻滚的湖水，也在阁前刻字

惟草木之零落兮，恐美人之迟暮

磨破的手指都已深谙修辞

刻字的人不断在我体内转变形象和职业

书法家、法官、警察、石匠，我担负了多少

人物的属性，就得接受多少失败的命运

是的，在写作学意义上，我是一个

自私的自虐狂，一个天真的斗士

一次次像电钻一样向天空伸出磨损的手指

稿笺比东湖还大，毛笔比行道树还粗

书桌被纵向移至古楚的流亡地

我在乌云上写诗，在闪电上断句

在雷声中朗诵、咆哮、喘息，落下的雨水

都是我的眼泪和败笔

（原载《诗刊》2024 年第 10 期）

鱼　日

袁永苹

起初我们被太阳的暧昧晒得昏沉，

想睡觉。我就坐在风景的明信片里。

后来，居然开始打雷下雨了，

风向即刻变化推动着水面它自己的波浪。

江鸥表演着点水滑翔的技巧，

我不知道它们是喜欢下雨，

还是不喜欢，甚至无所谓。

一阵乌云经过，下起了豆子般大小的阵雨，
我们冷了，我穿上了防风衣，撑起了
深色遮阳伞。不一会儿，雨又停了，
河水拍打着岸边发出清脆柔软的响声。
涟漪缓缓散开，意识放松失去警觉，
几近在水面行走。
橙绿色的鱼漂像是在永恒光滑的
水平面旋转的一根针。
我被带入永恒的催眠中，
危险就在几十米深的水下诱惑着我。
假象令我产生悲哀的幻觉：
我能够在水面上行走。

（原载《诗歌月刊》2024 年第 1 期）

山毛榉

严　彬

山毛榉在想象中生长。
成排的山毛榉在想象中装饰着城堡女主人的大路和小路。
那些成年的山毛榉都是高大的
农夫的火焰　猎户的防风墙　战争中得胜的矛。
托尔斯泰和普鲁斯特的山毛榉各有不同
对于后者
那些正直的山毛榉也有香水味道
在一部小说中将枯荣超过七次。
一片具体的山毛榉林中有北方的群鸟
有马鹿　也有国王的队伍庄严地经过。

那是我从前的记忆　少女们两百年前的生活。

（原载诗集《回忆的花园》，山东文艺出版社 2024 年 7 月）

绣球花

姚　辉

父亲对花的习性
比较了解　他知道绣球花
曾在星夜飞翔

朝着地层下侧飞翔
绣球花选择的方向有悖于
风　但这正是
花们的共同愿望

它们在找大地
真正的爱与疼痛

只有一瓣惊讶的花
被风卷上天际
成为藏匿六月的旭日

（原载《诗林》2024 年第 4 期）

给孩子们

一 如

我要给你们做出素琴般的美食
我要给你们裁出山水般的衣服
我要给你们诵读钟声般的圣语
我要给你们养出鹿角般的比喻
我希望你们含有大地的德行
我希望你们练出闪电般的勇气
可你们永远要做朴素的劳动者
你们的心灵能承受雷
却也能捡得起一枚雨滴

（原载诗集《明月之心》，北岳文艺出版社 2024 年 5 月）

琴　胆

印子君

天地浓缩成一张古琴
被你抱在胸前。当我们相遇
也就遇见了你的万水千山
我相信，只有与古琴
贴得最近的人，才有资格说
世间万物，比起天地，轻若微尘
每弹一首曲子，你都在翻越
一座高山，或跨过一条深谷
弦音是你踏出的脚步声

每一个节奏，都是你留下的
脚印。你知道，唯有把琴弦
抚弄成经络，贯穿全身
才称得上，琴人一体
当弹奏成为洗礼
弹就是炼，直到淬炼出
自己的一颗琴胆
在俯首间把天地拨响
这样，一张古琴就可以
引领你在穿越自我中
从容来去

（原载《诗刊》2024 年第 1 期）

午夜听雨

亚　楠

我喜欢古诗里的那种意境
喜欢
秋雨绵延的人世间可以看见
悲欣交集的万物
涤荡人心

那就进入雨季吧。进入
空蒙和寂静
在一座词语打造的高台上
此消彼长

就像这些音符

从夜幕中升起，悄然穿过无尽

的落寞

却也不必泛滥成灾

（原载《钟山》2024 年第 5 期）

以红嘴鹰为例

臧　棣

梦醒后，岩石和红嘴鹰

陈列在象征的秩序里

非常唯物，而且看上去很漂亮

岩石纹丝不动；它的坚硬

与其说出于一种固执

莫如说大部分都出自人的想象

但有一点，也很可贵

它的坚硬，不仅外观像恐龙的阳具

而且从未出卖过你的痛苦

红嘴鹰的情况，要复杂一些

它的飞翔，特别是它的自由

无形中，构成了针对岩石的嘲讽

所以说象征的秩序里也会有

想不到的僵局，而且很可能

还不止一种，就像我们：男人和女人

（原载《福建文学》2024 年第 7 期）

撤退令
张二棍

该撤退了——
让布谷鸟撤退出春天
请停息了劳作的农夫们，听一听黄鹂
与夜莺，那百无禁忌的鸣叫
让豺狼们撤出荒原，给千里寻亲的
孤儿寡母，一条近路可抄
愿相依为命的他们，躲过天造的饥荒
和人设的羞辱，一家人在灯火璀璨处
喜相逢。让月黑风高的强盗们
退回到月朗星稀的山林，以偿还
一个穷秀才，晴耕雨读的夙愿
让圣人们撤出经卷，以便无数愚人
获得无知无畏的勇气。该撤退了
让无知之我，给无畏之我腾出一隅
彼此相安，互道保重……

（原载《边疆文学》2024 年第 11 期）

还乡人

张慧君

从北方回到了在悠悠汉水中游的
家乡。终于，一双手给我记忆中的
那个孩子，送来了一颗糖果：
我和女儿，成了一对姐妹。
我一件件擦拭蒙着家乡灰尘的玩具，
门外是两个带着怒容、固执的人的
脾气不好的争吵。三岁半的女儿，
有对两岁的记忆："外公和外婆经常吵架，
我说不要吵了，他们还吵。"
但这里于她，是不受撼动的乐园，她布散银样的
时圆时尖的语声。我竟骤然觉醒。我曾是
一个敏感的孩子，自童时，我遭受了，一只
黑暗的手的施暴。我上下四方找寻痛苦的
名字和缘由，现在，我认识到了，我个人的
苦痛的位置，我几乎要清晰地
勾勒出一代代人的观念了。
我哀愁，为寒冷。但我会健康，阔大。

（原载《草堂》2024 年第 4 卷）

河　马

张　炜

深爱一头河马，它却无知

什么都不知道，只会潜入水下
在那里嚼草，巨大的牙齿
粉碎流水中的岁月和残渣

憨厚无知的河马，孩子们的爱物
它多么大，多么强壮，一身脂肪
生命之谜在瀚野里流转
如同一些肥腻自如的大人物

多少纤弱的少女看着庞大的
锃亮水滑或干结的身躯
叹息中不再想象那些夜晚
它们粗壮的喘息好吓人好可爱

主要是嘴巴的宏阔和大眼
小耳朵的精致以及游荡的尾巴
不堪重负的四蹄让人心悬
今天我们没有什么不能忍受

（原载《北京文学》2024 年第 10 期）

一只鸟的鸣叫

张卫东

一只鸟的鸣叫并不关乎现实，就像
更多鸟的鸣叫，各怀心事。

世界与春天拉开了距离……

但，这并不意味着它什么都不知道。

当然可以比较，可以掂量，
哪一只鸟的叫声，更贴近我的心思。

比如音量、节奏，比如语调，
或其中的情绪与我此刻状态的呼应。

它，从不带来额外的语言，
不像昨天你的反复暗示，不像夜里

一个接一个的坏消息……一只鸟的
叫声区别着其他鸟的叫声。

当它暂停，或环顾四下，梳理羽毛，
我就感到了一种自由的平衡。

一只鸟的鸣叫无所谓谁与谁的
疏离，一只鸟的鸣叫永远无人知晓。

（原载《诗歌月刊》2024 年第 9 期）

阿尔娜西的心事

张映姝

娜西打的馕一天能卖出五十个
有时候一百个，甚至一百五十个
娜西每天做十几公斤地道的哈萨克酸奶

还做一份清洁工的工作
娜西那么忙，没空儿想怎么也想不明白的心事

没有游客的冬天，娜西依然忙碌
天山的雪有多白，她擀的羊毛毡子就有多暖
娜西的彩毡绣活数一数二，那是妈妈鞭打出的疼痛
天山的雪有多厚，她的心就有多热
娜西那么忙，晾凉了她的心事

——那么忙。忙着做婆婆的好儿媳
做赛力汗的好妻子
她用了二十多年的忙碌，驱逐
一个永远不能降临的婴儿
排空身体里疯长的母性

——她找不到更好的办法
忙，让她远离自己
又回归自身。她结出一枚果子——
她，等于她自己

（原载《诗林》2024 年第 1 期）

花在笑

张执浩

诗歌不讲道理因为
"诗"——这个字
生来就有反骨

带着嘲讽，和

最不可思议的爱

活在无望中

像阳台上的那盆白狗牙

开了又败，败了

再开，直至荼蘼

你不能说它痛苦因为

你靠近它的时候

它总是在笑，那笑容

带着嘲讽，和

最不可思议的爱

（原载《钟山》2024 年第 1 期）

灯　盏

张作梗

灯盏被黑夜精确定位

远远看去

像一幅火的遗像

我是说，空洞变得不友好起来

饥饿的听觉，追逐着最微末的动静

有如一个被监视居住者

我是说，危险和恐惧轮流坐庄

一个液体的瓶子

摇晃着的不是一场舞会

而是一颗头颅

但是，亡命天涯的灯盏不会被剿灭

或像传单一样给散发出去

作为另外一种形式的铁砧

上帝轮番的

击打将为

我们带来福音。

（原载《文学港》2024 年第 5 期）

光　景

张伟锋

一天里，他把时间交给早晨

中午、下午和晚间。一年中

他四季都顶着风霜和疲累

为了完成糊口的生计，他从未有过停歇

以苦难式的奋斗和孤勇

在大地上盘算，如何不受冷受饿地过一生

即便笨拙不堪，即便负重难喘

但他从未想过，把命往里扣

把腰压成弓，有无任何不妥

（原载《民族文学》2024 年第 1 期）

过年啦

张远伦

春碓的声音，被磨片
转动的声音取代
用雪花写信，被视频
祝福的语言取代
母亲不再用荆竹扫帚
除去烟尘和晦气
转而用电动吸尘器
在屋子里扫呀扫
黄昏是一个巨大的红包皮
我要把落日
藏在里面送给孩子们
烟花四起，我已备好夜幕
供光芒自我照耀
寨子的上空升起了孔明灯
是我送给老天的
它收不收不重要
我开心就好

（原载《四川文学》2024 年第 4 期）

使　徒

赵　四

我虚有其表

像一篇传奇小说的材料
其实我只有几个颠沛流离的词
起伏如诗歌

（原载《草堂》2024 年第 12 卷）

红果树

赵晓梦

不用再找借口了。那些走得慢
走不动的人，从一个山洞下去
又从一个山洞钻上来，石笋石柱
哪怕重复地质不完美的疾病
也不会重复身体的疲惫反应
就像风什么也不吃，每天照样
刀砍斧劈着悬崖峭壁，让山体
和瀑布保持错落有致的姿势
偶有杂树从岩缝冒头，那只是
午睡的一个疏忽

历史从来不以真面目示人
石头和硬水证明不了谁曾来过
也证明不了活下去必须跨过死亡
前面那么多人在钟乳石上留下
幸福的阴影，足够你将丛林重生
就像洞里只有水滴让人感觉新鲜
阴暗而沧桑的面孔，在山谷握紧
一切回响。一切不在场的名字

在我的嘴唇上疾奔。秋天融合
树皮，占有我仅有的眩晕

（原载《延河》2024 年第 7 期）

水正在慢慢地醒来

赵亚东

水在谁也看不见的地方
还没有决定醒来。
乡亲们从不敢落泪，谁也舍不得

我们从很远的地方请来井匠
黄铜的烟袋锅子亮闪闪
在村里到处转悠。偶尔趴在地上
听。把土块捻成碎末
闻一闻味道。

水在轻轻地翻身
眼睑上的月光，微凉

当他终于有所发现
就开始不停地挖掘

一层一层地，仿佛伟大的时刻
即将到来。

（原载《山西文学》2024 年第 2 期）

火车经过德令哈

赵 琳

有一刻，我想伸手摸一把沿途的风
星空落在沿线村庄，我和邻座大叔
聊到了拉萨，他从未远离青海大地
没有去过布达拉宫
他说起家乡海西，你不知道
牛羊出栏时，草地上就飘着白云
你不知道它们眼中装满星星

在去西藏的火车上
那些漂亮的云彩就像他豢养的羊群
放牧在夜空，最亮的太阳如同一块
古老的打火石，正划亮火车进洞的黑暗
他下车时，捏着一张病历单
对我语重心长地说，今晚的星空真美
值得任何人怀念——真的值得

（原载诗集《白马藏银》，敦煌文艺出版社 2024 年 1 月）

古老的事物

钟 硕

不是深山御剑气的人
也不是那读书郎
不是这泉水，也不是那铜镜

不是我儿时就看到的夜空

也不是我祖辈看到过的夜空

更不是置身旷野时无法说出的空茫

是从未理解的，却一再现身

是我到底在哪儿？在那冒险的绝壁？

还是在自个儿闪躲不已的喉结？

（原载《安徽文学》2024 年第 12 期）

在寂寞小镇

周　簌

在一座寂寞的小镇

我们分吃了一枚苹果

我们的精神内部开始酿酒

像两枚果肉在发酵中，产生的小气泡

再一日。我们好似生活在这座

小镇很久。在我们身后，苍白的日色

雨水结构的银弧线，微醺的

绵长滋味。我们不惧怕衰老

在寂静而贫乏的生活罅隙

沉迷其中。我们没有什么话要说

这构成我们生活的伟大意义

（原载《文学港》2024 年第 7 期）

拼　图

周幼安

一切都有它应当的位置
考虑到规格，角度，气候
与届时的心情，我们无法接受丝毫
错位，即使手中正研磨着
那种提前透支的专注力

用刻刀般的目光观察线条
或按照颜色，将稻草抱入相应的提篮
送往齿痕吻合的畜棚
拼图是专供动循矩法者的游戏
魅力，在于胜利唾手可得

在于不需要为任何事物做出选择
就能从客厅走回卧室。如此
安全的承诺，仿佛来自我
某个闺房密友，趴在我耳边
用世界上最清晰的声音命令我

这样做。然后必须起身服从
现实提供的规范性。当我比较
最后两块拼图，你从办公室打来
一个沾满污迹的电话，面对
井然有序的空白，我决定选择错拼

（原载《西部》2024 年第 5 期）

给随便哪一位锚钓者

茉荧

红烧还是清炖？半亩方塘
喂肥了厨房隔壁的天光云影。
为着几口裙边，裙边专注的
甲鱼锚钓者开始表演绝技：
首先要呼应围观访客的好奇，
博少女一笑是另外的使命。

阵地乃养殖与捕捞，武器
是杆奇特的枪——没有准星
且立放时它毫无力量，直至
自留的线和钩装配好，被你
往右肩一扛：眼神是扳机，
臂力即火药，等露头鳖出现

在鱼池的任何角落，你就
将锚钩向它们射去。咻 ——
甩出了偶然性，但多数时候
它回馈我们以确定的丰赡。

你应坦然享受大家的喝彩，
以甩竿赞襄了今晚的盛宴。
然而声声"咻"里担负了期待，
我往往替飞出的钩子捏把汗。

（原载《诗刊》2024 年第 10 期）

含羞草——写给我的孩子

子非花

你种下一株含羞草
饱含着泥土
小小的容器盛着
她即将出发

这时刻盛着寂静
天气盛满水
热带的山巅之上，火焰树
吸饱了雨滴
在我们站立的片刻
一株含羞草吐出她身体里的
唯一一片云朵

她向北斗星吐出微笑
吐出她微小的一生

"我在热带，编织雨水"
"我收集泥土吐向天空"
"我诞生一个热带的蓝"
"在你之后，我将关闭全部的微笑"
"我生长并守护着你的相思树"
"我用全部的火亲吻着你的泥土"

（原载《诗刊》2024 年第 11 期）

忆祖母

宗　昊

黄花开遍大堤，还有一些
植物的幼苗仍未破土而出

密密麻麻的茅草，是我的童年
直到一阵微风吹来，带走了我的安静

月光洒满这条河
我一直想，月亮是水做的

点灯人醒了，去找他扎根的地方
凝望村庄，没有谁会提起你的姓名

你从海边回家，唱大鼓给我听
黄花在你的耳朵上一厢情愿地绽放

我会在无人的夜里悄悄流泪
谢谢你，没有破坏我的梦境

（原载《西部》2024年第2期）

一年的光阴似乎将尽

曾纪虎

变化中应有约束

消失中应有自由
在永恒的现实面前
人的青春与老年该如何度过？

上午，难得的阳光
我将露台上的窗玻璃尽数勉力装好
阳光屋中，花叶不动
年年和岁岁，蹲卧在硬纸板上

它们各据一角。伸懒腰
再一次，伸优雅的懒腰
不久便刨起脚爪来——
我爱这不可阻断的小动物的幼稚

轻手轻脚搬来桌椅
看书、写字，涂画
一年的光阴似乎将尽
不可靠的界限又似虚幻——

我所要看见的
和祈祷的：对应者
您能提供可衡量的说辞吗？
为此星球上的必然之变化

（原载《草堂》2024 年第 12 卷）

到灯塔去

邹汉明

很遥远的一道光，月光或星光
很纤细的一枚针，灯塔的塔针
离此有一只大眼的距离

想起一篇没读完的小说
为什么要去那里呢？凡美好的事物
都不必走近，何况灯塔
何况灯塔的光——

到灯塔去，到灯塔去
很多年，我光动嘴不动身
而我每喊一声，灯塔就挪远一步
有必要去摸避雷针一般的塔针吗？
想到它曾扎入我的指甲，从此
我爱水中的塔影胜过水上的灯塔

（原载《诗歌月刊》2024 年第 10 期）